Uma garota mágica se aposenta

PARK SEOLYEON

Uma garota mágica se aposenta

Tradução de Núbia Tropéia

Rocco

Título original
마법소녀 은퇴합니다

Edição coreana publicada em 2022 por Changbi Publishers com o título acima.

Edição brasileira publicada mediante acordo com TC Agency, Coreia.

Arte de capa: Kim Sanho
Design de capa: Stephen Brayda

Direitos para a língua portuguesa reservados
com exclusividade para o Brasil à
EDITORA ROCCO LTDA.
Rua Evaristo da Veiga, 65 – 11º andar
Passeio Corporate – Torre 1
20031-040 – Rio de Janeiro – RJ
Tel.: (21) 3525-2000 – Fax: (21) 3525-2001
rocco@rocco.com.br
www.rocco.com.br

Printed in Brazil/Impresso no Brasil

CIP-BRASIL. CATALOGAÇÃO NA PUBLICAÇÃO
SINDICATO NACIONAL DOS EDITORES DE LIVROS, RJ

S483g

Seolyeon, Park
Uma garota mágica se aposenta / Park Seolyeon ; tradução Núbia Tropéia. - 1. ed. - Rio de Janeiro : Rocco, 2025.

Tradução de: 마법소녀 은퇴합니다 : a magical girl retires
ISBN 978-65-5532-566-9
ISBN 978-65-5595-369-5 (recurso eletrônico)

1. Ficção sul-coreana. I. Tropéia, Núbia. II. Título.

CDD: 895.73
25-97754.0 CDU: 82-3(519.5)

Meri Gleice Rodrigues de Souza - Bibliotecária - CRB-7/6439

Sumário

Destinada a se tornar uma Garota Mágica

Qual o melhor jeito de morrer sem causar nenhum transtorno?

"Vivi minha vida ao máximo", penso. Não tive muitas chances na vida, mas tentei não desperdiçar as que recebi. Apesar de ter chegado até aqui sozinha, não consigo deixar de pensar que recebi um empurrãozinho de outras pessoas pelo caminho.

Senha de atendimento no banco: 777.

Vinte e nove.

Todo mundo se sente assim nessa idade, né?

Uma vez, li um artigo na internet que se chamava "Trinta e seis perguntas para encontrar o amor". Era do *New York Times* e o texto afirmava que, se as perguntas fossem respondidas, poderiam ajudar qualquer casal a se apaixonar. A número sete era a seguinte:

"Você tem algum palpite sobre como vai morrer?"

Eu provavelmente vou morrer sem que ninguém fique sabendo. É o que acho e o que espero. Esse é o único desejo que já tive na vida com uma possibilidade real de se concretizar.

E a chance de isso acontecer já está bem próxima.

Terça-feira, 3h41, ponte Mapo, Seul

Uma média de 0,3 veículos por minutos passam pela ponte deserta feito balas, e os motoristas nem notam minha presença, recostada na amurada. Já faz duas horas que estou aqui, e uns quarenta minutos desde que um pedestre passou por mim. Mesmo de longe, dava para ver que era um bêbado. (Óbvio que sim: que pessoa sóbria decidiria atravessar uma ponte tão longa àquela hora da madrugada?) Com medo de que ele viesse arrumar confusão comigo, me sentei com as pernas dobradas, abraçando os joelhos com força, e prendi a respiração.

Cambaleando em velocidade de lesma, o bêbado teve tempo de sobra para notar minha presença, mas mesmo assim pareceu não me ver. Ele estava andando mais devagar do que o esperado, e assim que passou por mim soltei o ar que estava prendendo com um barulho alto — *ah!* —, mas ele nem olhou para trás. Não sei por quê, mas isso me deixou triste. Por acaso sou *invisível*? Alguém me colocou no mudo?

Será que me enganei e minha respiração não saiu alta coisa nenhuma? Talvez a máscara que eu estava usando tenha abafado o som... Na minha imaginação, ele me veria e viria arrumar treta comigo, aí cairíamos na porrada e — *ah não ah não ah nããããão* — um de nós empurraria o outro de cima da ponte. Ele ter passado sem fazer nada me fez sentir, em vez de alívio, tristeza... Que loucura. Se bem que eu consigo imaginar o motivo. Afinal, eu não tinha imaginado só a cena com nós dois inclinados perigosamente contra a mureta enquanto brigávamos, mas também outra imagem — uma em que a bebedeira despertaria seu lado enxerido; então, com uma empatia inesperada, ele perguntaria por que eu estava chorando sozinha em cima da ponte e me ofereceria umas palavras de consolo.

Que idiota que eu sou.

As lágrimas que tinham parado voltam a cair; tomei um gole d'água, me sentindo uma merda por ter ido até ali me jogar da ponte e mesmo assim estar bebendo água para matar a sede. Arremessei a garrafa no rio lá embaixo... Isso foi meia hora atrás. Foi mal por ter poluído o meio ambiente. Eu é que sou um lixo. Para piorar, minha garganta ficou seca outra vez e me arrependi de ter feito aquilo. Por que joguei minha água fora? Acho que foi para isso que nasci: para me arrepender.

Há exatos três anos tenho pensado numa forma de me matar que não cause nenhum transtorno. Isso quer dizer que não sou a maior sofredora do mundo. Se eu estivesse tão mal assim, não teria passado tanto tempo analisando as possibilidades. Meu avô costumava dizer que sempre tem alguém pior do que a gente neste mundo. Por isso, devemos fazer tudo ao nosso alcance para ajudar quem precisa. Viver é colecionar virtudes. As boas ações praticadas por mim se transformarão em benefícios no além-vida tanto para mim quanto para o meu avô e para os meus pais...

Pode até ser, vô, só que, por mais que eu frite os neurônios pensando nisso, acho que, se tentar ajudar qualquer um, vou acabar fazendo mais mal do que bem.

Algo permaneceu no meu bolso durante todo esse tempo. Não é nada de mais, só a senha de atendimento número 777 que tirei no banco um ano atrás. É tipo um amuleto da sorte. Naquele dia, pensei ter tirado a sorte grande; foi quando fui pedir meu primeiro cartão de crédito. Não é maravilhoso poder ter o próprio cartão de crédito? Meu avô não estava mais aqui e não tinha mais ninguém para pagar minhas contas, mas pelo menos poderia parcelar minhas compras sem juros em três, quatro, até sete vezes! Minhas mãos chegavam a tremer de tanto nervosismo e alegria. Fingi não ver o cesto de lixo ao lado do caixa, cheio de papeizinhos numerados, e saí do banco levando a minha senha escondida.

Quando estava empregada, eu não me preocupava tanto assim. Só deixei de pagar as coisas no débito e comecei a usar o cartão de crédito para adiar os gastos, contando com o salário que ia receber no fim do mês. Eu não gostava da ideia de pensar demais no futuro; afinal de contas, o salário não é relativo ao mês de trabalho que já passou? Era bom demais não precisar juntar dinheiro para comprar as coisas, e sim poder comprar de uma vez tudo aquilo de que precisava e ir pagando de pouquinho em pouquinho depois. Por exemplo: no início, não tinha geladeira no meu apartamento. E, sem ela, era impossível cozinhar em casa; eu acabava desperdiçando dinheiro comendo fora. Eu me lembro como se fosse ontem do quanto fiquei feliz quando recebi a geladeira em casa, me perguntando como consegui viver tanto tempo sem ela. "Tudo vai melhorar agora que tenho uma geladeira", pensei. Até hoje não me arrependo nem um pouco daquela compra...

Não acho que eu levava uma vida de luxo. Tinha um dia a dia normal, mas mesmo assim as dívidas foram se acumulando. É claro que o maior baque de todos foi perder o emprego durante a pandemia; por sorte, meu último salário foi suficiente para pagar a fatura do cartão daquele mês, mas ainda faltavam três parcelas para terminar de pagar a geladeira.

Faz um tempo que ando pensando nisso: mesmo que a pandemia nunca tivesse acontecido, mesmo que eu nunca tivesse perdido o emprego, ainda assim eu estaria ferrada. É só que, em vez de passar um tempão empobrecendo em doses homeopáticas, minha derrocada foi repentina, tão acelerada que pelo menos me economizou esse tempo.

Ontem fiz uma entrevista de emprego. Já faz muito tempo desde que trabalhei num cargo que não seja temporário ou de meio-período, então fiquei um tantinho animada e torci para dar certo. Mas não consegui encontrar a senha número 777 que sempre uso como amuleto. Não estava no bolso da roupa que usei no dia anterior nem debaixo do ímã na geladeira, e quase me atrasei procurando pelo papelzinho. Seria idiotice demais chegar atrasada em uma entrevista de emprego por estar procurando o amuleto da sorte, então desisti e saí de casa. Vestia minhas roupas mais chiques, recém-saídas da lavanderia. Outra coisa que não tenho em casa: máquina de lavar roupa. Se eu tivesse juntado todo o dinheiro que já gastei na lavanderia, poderia ter comprado uma máquina compacta usada, mas nem sei se caberia no apartamento...

— O que você andou fazendo esse tempo todo? — perguntou o entrevistador, se é que posso chamar assim aquele gerentezinho qualquer, sentado numa cadeira sem encosto, que me fez a pergunta em alto e bom som, para a empresa inteira ouvir. — Como você pode estar com vinte e nove anos e ter um currículo desses?

Talvez ele sequer tenha sentido qualquer vergonha de falar aquilo em voz alta — afinal, errado não estava. Na hora de ir embora, engolindo o choro, enfiei a mão no bolso e senti um pedaço de papel. Era um fragmento da senha, rasgado e tão amassado que nem dava para ver direito o número sete.

A fatura em aberto do meu cartão de crédito estava em pouco mais de três milhões de wons.

Vovô, talvez o senhor não saiba, mas existe um detalhe do cartão de crédito chamado juros do rotativo: *você não vai conseguir pagar o cartão este mês? Sem problemas! Pague só o que puder no momento! Hum, que tal 20%? Esse valor dá pra pagar, né? É muito? Nesse caso, que tal 10%? Menos que isso não dá pra fazer! Está bem, vamos jogar o saldo restante para o mês que vem com um juro baixinho, o que acha? Vai ter que se esforçar mais no próximo mês, hein!* É assim que funciona. Quanta gentileza, né? Só que o valor total dos juros do rotativo aumenta sem parar... E é por isso que agora mal consigo pagar o mínimo com o que ganho no meu trabalho temporário de meio-período.

Deve ser por causa do nome "rotativo" que tenho a sensação de estar jogando roleta russa com alguém invisível. Sabe o que é "roleta russa", vovô? É um jogo em que várias pessoas se revezam passando um revólver carregado com uma só bala, que elas apontam para a própria cabeça e puxam o gatilho. *Ufa, sobrevivi a este mês! Não fui atingida! Mas será que consigo me safar no mês que vem?* É assim que me sinto. Sempre ansiosa, pensando que algum dia essa bala vai me atingir, e não vou poder culpar ninguém além de mim mesma: afinal, eu gastei todo aquele dinheiro. E toda essa situação faz com que eu sinta que minha cabeça pode explodir a qualquer momento.

Viver custa caro... Esse é um fato simples que demorei demais para entender.

Pensar em me matar só por causa de três milhões de wons em dívidas deve parecer uma estupidez, não é mesmo? Mas a verdade é que acho que isso é só o começo. Quando comecei a usar o cartão de crédito, meu limite era de cinco milhões de wons; esse valor continua o mesmo. Então, qual o sentido em ficar viva por mais um ou dois meses — esperar que as dívidas batam cinco milhões de wons, que a bala seja disparada? Até eu acho que é estupidez morrer por causa de três milhões de wons. É por isso que ninguém precisa ficar sabendo. Eu morreria feliz se ninguém soubesse o motivo da minha morte. E, mesmo se soubessem, seria ótimo se fingissem não saber. Eu simplesmente morreria de vergonha.

Enquanto me esforço para deixar algumas palavras no caderninho que comprei no caminho até a ponte, as lágrimas rolam. Não consigo expressar todos os pensamentos incoerentes que surgem. Escolho somente palavras que não me envergonhariam se fossem lidas e, assim, a única coisa que sou capaz de escrever é um pedido de desculpas para o meu avô. Então penso que deixar algo por escrito vai contra a minha ideia de morrer sem que ninguém saiba — a única maneira de conseguir meu desejo seria não deixar que ninguém identificasse que quem morreu fui eu...

Se eu não me apressar, logo vai amanhecer e o movimento na ponte vai aumentar, então é melhor acabar logo com isso.

Não tem quase nenhum carro passando, ainda bem. No exato instante em que esse pensamento me ocorre, um táxi passa zunindo... Mas será possível que nada acontece do jeito que eu quero?! Bem, não importa. Tudo vai acabar em breve...

Eu me curvo para deixar o caderninho no chão e giro o corpo devagar. Ainda dá para ver o táxi que acabou de passar ao longe na ponte. Na verdade, está chegando mais perto; o táxi deu meia-volta e está vindo na minha direção. *Espera um pouco... Isso é permitido? Não tem nenhum outro carro passando, mas... Por acaso, o motorista está querendo me atropelar?* Apesar desse pensamento, meu corpo não se move.

Enquanto eu hesito, o táxi desliza e para na minha frente. Do banco de trás, sai uma mulher usando um vestidinho branco fofo na altura dos joelhos, com sapatos e presilhas no cabelo combinando. Será que isso é uma fantasia de anjo? Os postes de luz da ponte, que eu não tinha percebido até então, parecem holofotes iluminando-a. Então a luminosa mulher de branco fala comigo.

— Seu destino não é morrer agora.

Sinto um leve arrepio. *Como ela sabe que eu pretendo tirar minha vida?*

Algum tempo depois me darei conta de que ninguém que passasse por ali teria qualquer dúvida de qual era a minha intenção. E, quando digo "depois", me refiro ao momento em que perceberei que aquela mulher — que se apresentou como "Ah Roa" — sabia exatamente onde eu estaria e veio me encontrar na hora certa.

Neste momento, porém, eu ainda não sei de nada, e só consigo pensar que aquilo deveria ser um milagre. Com lágrimas nos olhos, pergunto:

— Você... você sabe qual é meu destino?

— Mas é claro.

A voz dela é confiável e gentil. Ah Roa se aproxima, segura minhas mãos delicadamente, como se tocasse em algo supervalioso, e continua:

— Seu destino é se tornar uma Garota Mágica.

A mais poderosa das Garotas Mágicas

— Eu? Uma Garota Mágica?

Eu já ouvi falar em Garotas Mágicas na televisão. Não as dos desenhos animados — que agitam uma varinha de condão, vestem roupinhas bonitas e derrotam monstros e alienígenas —, mas as que aparecem no noticiário. Com seus superpoderes ou sua magia, elas punem os criminosos e protegem os cidadãos contra todo tipo de catástrofe. A diferença é que, em vez de combaterem inimigos imaginários, as Garotas Mágicas que aparecem no jornal lidam com crimes reais ou tragédias inesperadas, usando seus poderes de invocação para capturar ladrões de banco ou sua telecinese para impedir acidentes de trânsito.

Até onde eu saiba, existem dois motivos para as pessoas as chamarem de "Garotas Mágicas", em vez de pegarem emprestado o conceito clássico da cultura pop de "super-herói".

O primeiro é que elas mesmas pedem para serem chamadas assim. O segundo é que esses poderes mágicos parecem se manifestar somente em garotas. Por isso a minha pergunta seguinte:

— Eu... não estou meio velha para ser uma Garota Mágica?

O táxi desliza pela ponte em alta velocidade, e a beldade angelical que me fez sentar ao seu lado no banco de trás tira alguma coisa de dentro da bolsa, que, assim como o restante das suas roupas, é toda branca. O fecho, parecido com o de um porta-moedas, estala com um clique satisfatório.

— Quantos anos você acha que eu tenho? — pergunta ela, virando-se para mim.

— Não sei, quantos?

— É segredo.

Quase dá para ver seu sorriso por trás da máscara branca. No início, achei que havia algo de estranho nela, mas... que besteira. A mulher estende um cartão para mim.

— Esta sou eu.

SINDICATO NACIONAL DAS GAROTAS MÁGICAS
AH ROA, ADMINISTRADORA

É óbvio que ela não colocou a idade no cartão.

— A maioria das Garotas Mágicas em atividade é mais jovem, é verdade. Mas nem todas; não é necessário ter aparência de garotinha para despertar seus poderes. E não é como se a gente parasse de envelhecer depois de atender nosso chamado.

Eu já ouvi falar que a Garota Mágica mais velha em atividade na Coreia do Sul tem idade suficiente para ser chamada de "vovó".

— Para começo de conversa, quando é que uma mulher deixa de ser uma "garota"? Depois da primeira menstruação? Depois de passar de um metro e sessenta? Muitas mulheres nem crescem tanto. E a juventude é diferente para todas nós, não é mesmo? Não só em termos de desenvolvimento do corpo, é claro, mas da mente também.

Faz sentido. Parando para pensar, quando foi que me tornei uma garota e quando foi que deixei de ser uma? É difícil dizer quando foi que minha juventude começou, mas pelo menos sei dizer exatamente quando foi que terminou. Três anos atrás, quando meu avô morreu. Para falar a verdade, mesmo naquela época eu já tinha passado da idade de ser chamada de "garota", mas ao mesmo tempo não me considerava adulta, de forma alguma. Até porque não precisava ser uma, ao menos até então.

— Dizem que com grandes poderes vêm grandes responsabilidades, e Garotas Mágicas lidam com vários assuntos complexos. Por exemplo, ao definir a responsabilidade pelos danos causados no curso de suas atividades ou quando o plano de saúde se recusa a cobrir o tratamento médico de ferimentos sofridos em serviço. No caso de Garotas Mágicas maiores de idade, a complexidade aumenta. Nos exemplos que acabei de mencionar, ter um adulto responsável como representante legal costuma ajudar, mas Garotas Mágicas adultas precisam resolver tudo sozinhas. É por isso que precisamos nos unir.

A eloquência dela, junto com todo esse papo de seguradora, me faz pensar se Ah Roa não está tentando me vender algum plano de saúde.

— Tá, e o que isso tem a ver comigo?

— Em nossos esforços para formar uma entidade de ação coletiva, estamos investindo na busca e treinamento de novas candidatas a Garotas Mágicas.

Ah Roa então estende as mãos e me mostra outro objeto. É parecido com um estojo de pó compacto; a borda brilhando nas cores do arco-íris. Vejo meu rosto refletido no espelhinho.

— Hum... e o que é isso?

— Não parece um tanto peculiar? — pergunta Ah Roa de volta enquanto inclina o espelhinho em diferentes ângulos.

Ao olhar com atenção, percebo que o rosto refletido ali não é exatamente o meu. Não está com os olhos vermelhos de tanto chorar nem com as bochechas inchadas; também não está usando máscara. Parece tanto com meu rosto de todos os dias que me sinto uma idiota por não ter reparado em nada de estranho antes. O rosto naquele espelho pode muito bem ser uma ótima foto 3x4.

— Esse é meu instrumento mágico. Eu chamo de "Espelho de Ah Roa".

— Por que... minha cara está aí?

Enquanto segura minha mão, ela repete o que disse quando estávamos sobre a ponte:

— Essa é a prova de que seu destino é se tornar uma Garota Mágica. Esse é meu poder.

Que poder? Segurar a mão de uma desconhecida com a maior naturalidade? Ou fazer com que os outros enxerguem o próprio reflexo num espelho? Incapaz de encarar Roa e o espelho ao mesmo tempo, eu alterno o olhar entre um e outro, até que ela limpa a garganta e continua:

— Vou me apresentar oficialmente. Meu nome é Ah Roa e eu sou a Garota Mágica da Clarividência. Minha missão atual como administradora é encontrar a mais poderosa das Garotas Mágicas.

Neste momento, não consigo ver minha expressão no espelho dela (por que sequer pensei que aquilo fosse um espelho? Que loucura...), mas acredito que a pergunta "como assim?" esteja estampada no meu rosto. Tudo faz sentido, porém, quando ouço as próximas palavras de Ah Roa. É como se não só este exato instante, mas cada aspecto da minha vida inteira tenha me levado até aqui.

— Acreditamos que a Garota Mágica do Tempo seja a mais poderosa de todas.

As pessoas chamam de "vocação" quando alguém é tão bom em alguma coisa que parece ter nascido para aquilo. Quando eu era criança, meu sonho era ser relojoeira. Para falar a verdade, ainda acho que não é tarde demais.

Depois de uma pesquisa na Internet, descobri que precisaria ser designer de relógios para trabalhar com relojoaria.

Não basta juntar as peças para montar o relógio; é preciso criar um modelo inédito. Achei incrível e tive certeza de que era o que eu queria.

Meu avô era dono de uma joalheria, o que significava que essa seria uma forma de eu tocar os negócios da família. Eu já olhava por cima do ombro dele quando era criança e acabei aprendendo a trocar pulseiras ou a dar corda em relógios. Quando cheguei ao ensino médio, comecei a assumir até alguns reparos mais complexos, e nem os clientes mais atentos percebiam que não tinha sido meu avô quem consertara seus relógios, e, sim, eu. Nós dois achávamos isso divertidíssimo e sempre comemorávamos às escondidas. *Vovô, sou apaixonada por relógios. Quando olho para eles... é como se fossem tudo no mundo. Como se fossem o próprio universo, até o menor deles.*

Quando eu me sentava na loja, com todos aqueles relógios pendurados nas paredes e dispostos na vitrine, me sentia rica com todo o tempo do mundo. O meu preferido ficava em frente ao caixa e consistia em cinco faces que exibiam as horas ao redor do mundo. Os quinze ponteiros, todos em ângulos diferentes, mas movendo-se em ritmo sincronizado, serviam como um lembrete silencioso e constante de que o tempo não descansa em lugar nenhum.

Meu avô me contou que no Japão existe um curso de joalheria que é considerado o melhor do leste da Ásia. Passei a adolescência decidida a frequentar esse curso; meu avô me incentivou e até prometeu me ajudar com as despesas. Mas eu precisava mostrar que levava aquele objetivo a sério, já que era eu quem desejava me tornar designer de relógios, não ele. *Mas é lógico!*, pensei. Assim, estudei japonês, juntei uma graninha, mesmo que pouca, para pagar o curso e as despesas e dei tudo de mim ajudando meu avô na loja sempre que tinha tempo. Na época da escola, o professor responsável pela minha turma escreveu o seguinte no meu boletim: "A aluna não demonstra grande interesse nos estudos, mas é esforçada e bem-comportada, e se destaca pelo foco nos próprios objetivos." Meu avô dizia que eu era um prodígio, o que era o suficiente para mim. Se meu avô, a pessoa que eu mais admirava e amava no mundo, me achava um prodígio, então era isso que eu era.

É por isso que as palavras de Ah Roa parecem me atingir tão profundamente. Eu achava que tinha nascido para criar relógios, mas na verdade estou destinada a me tornar uma Garota Mágica com o poder de controlar o tempo. Todos os detalhes da história se encaixam; sinto a mesma satisfação ao ouvi-la do que quando escutava o *tique-taque* do ponteiro dos segundos de um relógio que eu tinha montado, principalmente ao pensar que a protagonista daquela história sou eu...

Minha empolgação foi tanta que quase me esqueço de que estava pensando em me matar poucos minutos antes.

— A Garota Mágica do Tempo? — repito, com a intenção de ouvir, com todas as letras, que aquela pessoa tão especial sou eu mesma, e Ah Roa não me decepciona.

— Isso. Quem for capaz de controlar o tempo se tornará a mais poderosa das Garotas Mágicas. — Sem soltar minha mão nem por um instante, Ah Roa continua: — Somente eu, a Garota Mágica da Clarividência, consigo localizar aquelas cujos poderes ainda não despertaram, e meu espelho me mostrou sua imagem. Sua imagem, mais nítida do que qualquer outra. Está entendendo o que quero dizer?

Estima-se que o número de seres humanos que já nasceram na face da Terra ultrapassa cem bilhões. Já faz mais de dez anos desde que ouvi isso, o que significa que agora esse número deve ser muito maior. Talvez a quantidade de pessoas que já morreram também tenha ultrapassado cem bilhões... Nesse caso, se eu tivesse morrido conforme o planejado, eu seria a centésima bilionésima e mais uns quebrados a deixar este mundo. Sei que isso não é motivo para sorrir, mas acho engraçado imaginar dezenas de milhões de pessoas cruzando a linha de chegada de uma maratona ao mesmo tempo ou com milésimos de segundo de diferença. Talvez eu estivesse a anos-luz de distância dos meus pais e até do meu avô, e entre nós houvesse bilhões de pessoas dificultando que nos encontrássemos outra vez no meio da multidão.

O que me faz pensar: já que não serei a primeira nem a última a cruzar a linha de chegada mesmo, para que a pressa?

Saio do táxi e entro em casa; assim que fecho a porta, apoio as costas na madeira e deslizo por ela até desabar no chão.

Vovô, estão dizendo que sou uma Garota Mágica.

A Garota Mágica do Tempo. A mais poderosa das Garotas Mágicas.

E essa... sou eu?

Balanço a cabeça, fico de pé e vou até a geladeira, prendendo o cartão que Ah Roa me entregou com o ímã, exatamente o mesmo sob o qual meu amuleto da sorte, a senha de atendimento 777 do banco, costumava ficar. O nome "Ah Roa" escrito no cartão cintila sob a luz fraca da alvorada que atravessa a janela do meu apartamento semissubterrâneo.

Parece um sinal de que a magia começou.

Uma Garota Mágica sustentável

Só depois de três dias que telefono para Ah Roa. Se você quer saber o que fiz durante esses três dias... foram vários nadas. Bem, não é como se eu não tivesse feito nadica de nada de verdade; às vezes, tentava encontrar alguma coisa sobre as Garotas Mágicas no noticiário ou revirava a geladeira quando a fome ficava insuportável; o que quero dizer é que fiz o menor esforço a respeito da minha vida nesse período.

O motivo para eu ter demorado três dias para ligar foi falta de coragem. Apesar de Ah Roa ter mencionado como eu iria me tornar uma pessoa incrível no futuro, até o momento nada tinha acontecido, e fiquei com um pouco de vergonha de ligar sem ter nada a oferecer... Embora esse seja exatamente o motivo pelo qual preciso dela. O que é que tenho que fazer para me tornar uma Garota Mágica? Acho que não basta me declarar como tal... É claro que estou agradecida por ela ter me contado da minha aptidão, só que ainda preciso de alguma orientação a respeito do que fazer de agora em diante.

Ah Roa, a Garota Mágica da Clarividência, deve ter alguma ideia de como me sinto, né? Deve saber por que eu levei três dias para decidir se deveria ligar ou não.

Quando se trata de coragem, eu sou como um tubo de pasta de dente quase no fim. Se não espremer os míseros restinhos que me sobraram no corpo e na mente, nada de relevante sai da minha boca; até o que consegue, com o maior esforço, ser extraído do tubo acaba sendo lançado na direção errada e, em vez de cair na escova de dente, se esparrama no fundo da pia, desperdiçado.

— Estava esperando sua ligação — diz Ah Roa assim que atende, sem nem dizer "alô".

Fico agradecida, mas um tanto constrangida. Talvez seja por isso que esqueço a justificativa que ensaiei por três dias e acabo sem conseguir dizer nada com nada.

— Qual a vantagem de me tornar uma Garota Mágica?

Quando digo em voz alta é que percebo qual é minha verdadeira preocupação. O que tirou meu sono durante três dias não foi a questão de como me tornar uma Garota Mágica, e, sim, se minha dívida permaneceria em três milhões de wons caso eu me tornasse uma. Seria menos mal se nada mudasse, mas a verdade é que, quanto mais eu demorar a pagar, mais esse valor vai aumentar.

— Estou indo até aí.

— Oi?

Isso não responde a minha pergunta!

— Como eu disse, estava esperando sua ligação. Vou te mostrar tudo que você precisa saber. Tenho certeza de que vai gostar.

Assim como quando Ah Roa me trouxe em casa da primeira vez, penso como é bizarro uma pessoa tão bem-vestida que nem ela vir bater à porta da espelunca onde moro. Vou correndo tomar banho e trocar de roupa, e em meia hora Ah Roa está na minha casa. O odor que permeia o apartamento me deixa morrendo de vergonha; não é nem um pouco feminino, muito menos mágico.

Estranho o clima depois de passar três dias sem sair de casa. Mesmo com o céu nublado, o dia está claro e abafado, apesar das nuvens que filtram os raios solares. Eu sei que é fim de primavera, mas precisava estar fazendo tanto calor? Sigo Ah Roa até o táxi, já sentindo as axilas úmidas de tanta tensão.

— Vou contar o que te espera ao se tornar uma Garota Mágica.

Eu já saquei qual é o método dela. Ah Roa segura a minha mão e usa palavras gentis e ambíguas, enquanto me deixo levar pelo embalo e acabo só entendendo metade do que está acontecendo.

— E a gente precisava sair de casa para isso?

Será que não daria para conversar com calma tomando um café no sofá? Não que eu tenha café ou mesmo chá para servir...

— É seu dia de sorte; hoje tem uma feira de profissões acontecendo.

Feira de profissões? Mas "Garota Mágica" já não é uma profissão? Ah Roa apenas sorri, parecendo entender a minha confusão. Ou talvez ela na verdade não faça a menor ideia do que se passa na minha cabeça...

— Todas essas pessoas são Garotas Mágicas?

— Não exatamente. Algumas, sim, mas muitas são agentes que representam Garotas Mágicas. E outras são pessoas que querem ser Garotas Mágicas ou agentes.

O centro de convenções não é lá muito espaçoso, mas também não é qualquer coisa. Não tenho certeza, mas é capaz de ter mais de uma centena de estandes aqui, dos grandes e dos pequenos. Do lado de fora, há uma fila de pessoas tentando entrar. Sendo uma Garota Mágica em atividade, Ah Roa conseguiu entrada VIP para o evento, então não precisamos esperar na fila. *É melhor pendurar isso na geladeira também*, penso enquanto higienizo as mãos e analiso a pulseirinha de acesso.

— O emprego mais fácil de conseguir é o de caçadora de recompensas. Eu trabalhava com isso antes de entrar para o Sindicato.

Ah Roa aponta para o enorme estande da agência de caçadoras de recompensas, próximo à entrada. Tem uma galera tirando fotos ao lado de alguns totens em tamanho real de Garotas Mágicas famosas. *Que coisa. Então nem sempre elas salvam o dia por motivos altruístas, como o noticiário faz parecer*... Tenho uma sensação estranha ao perceber, pela primeira vez, que alguém pode fazer esse tipo de trabalho por dinheiro.

— Mas, Ah Roa, seu poder não tem a ver com combate, tem?

— Pode acreditar: encontrar os criminosos é mais difícil do que prendê-los. — Ah Roa abre um sorriso e ergue o punho à frente. — E eu sou boa de briga. Não é sempre que a magia é necessária em um combate, não é? Por mais conveniente que seja...

A atitude e velocidade dela ao erguer o punho me fazem assentir automaticamente.

— Garotas Mágicas também se dão muito bem como guarda-costas. O trabalho é fácil e o salário, alto. Por isso muitas preferem seguir essa carreira à de caçadora de recompensas. Ainda assim, é comum as garotas começarem como caçadoras e depois trocarem de cargo. Afinal, precisam provar suas habilidades em campo primeiro.

Ah Roa aponta para outro estande, em frente ao da agência de guarda-costas, onde está acontecendo um protesto contra a privatização das Garotas Mágicas. Percebendo que minha atenção está voltada para lá, ela segura meus ombros e me gira na outra direção.

— Aquilo ali é um grupo religioso.

— Eles são perigosos?

— Não sabemos, mas endeusar Garotas Mágicas não parece ser uma coisa lá muito saudável, não é? Ser uma Garota

Mágica não é diferente de ter uma licença de trabalho rara; imagine venerar um advogado ou florista. No mínimo, é esquisito.

Concordo imediatamente com a cabeça.

— Tirando a questão religiosa, o posicionamento deles é basicamente o mesmo do Sindicato. O poder de uma Garota Mágica não deve ser utilizado para o benefício individual, já que não é obtido por meio de dedicação.

Meus acenos de cabeça vão ficando mais lentos, até que param. Se os poderes não são obtidos com dedicação, então não é a mesma coisa que obter uma licença de trabalho qualquer... Esse pensamento me ocorre no momento em que o estande de um cursinho preparatório para Garotas Mágicas chama minha atenção.

— O que ensinam nesse lugar?

— Como despertar as habilidades de Garota Mágica e usá-las corretamente, suponho. Não tenho certeza, mas algumas garotas do Sindicato trabalham como instrutoras lá. Pelo menos parece que eles não são de enganar pessoas que não têm aptidão dizendo que é possível se tornar uma Garota Mágica com esforço suficiente. Fazem até um teste de admissão para avaliar essas habilidades, e quem é reprovada não pode entrar. Ou, se a pessoa quiser muito trabalhar nessa área, recomendam que tente se tornar agente.

— E eu não preciso fazer umas aulas também?

Foi só eu falar que me lembrei das mensalidades. Sem contar que Ah Roa parece acreditar que já tenho o potencial de ser uma boa Garota Mágica — ou melhor, a mais poderosa de todas! Em vez do seu sorrisinho de costume, dessa vez Ah Roa solta uma risada alta.

— Claro! Um pardal pode ensinar uma águia a voar — diz ela, ainda rindo. Não entendo o que ela achou tão engraçado e fico até um pouco sentida. Então Ah Roa continua, secando as lágrimas que escorrem de tanto rir. — Mas nem um pardal teria algo a ensinar a um pégaso ou um dragão.

Aquilo me soa como um elogio, mas continuo confusa. Ah Roa me puxa pela mão.

— Vamos; o Sindicato vai dar uma declaração importante daqui a pouco.

Ela me leva até a área principal do centro de convenções, onde está disposto um enorme projetor. Pelos alto-falantes, uma voz informa que o painel "Garotas Mágicas e um planeta sustentável", preparado pelo Sindicato Nacional das Garotas Mágicas, começará em instantes. Ah Roa nem pensa duas vezes antes de me arrastar até ficarmos lá na frente, perto do projetor, onde ela cumprimenta e me apresenta a algumas Garotas Mágicas que aparentam ocupar cargos importantes no Sindicato. Cada vez que ela diz "esta é a garota que mencionei", as outras soltam exclamações admiradas e me cumprimentam com reverência. Tudo que consigo fazer é dar um risinho amarelo — devia ter vestido alguma coisa melhor, tomado um banho mais caprichado...

Uma Garota Mágica, provavelmente a moderadora do painel, sobe no tablado.

— Daremos início agora ao painel "Garotas Mágicas e um planeta sustentável", tema da terceira edição da feira de profissões organizada pelo Sindicato Nacional das Garotas Mágicas. Para começar, apresento a presidenta do Sindicato Nacional das Garotas Mágicas e a primeira Garota Mágica da história da Coreia do Sul...

Antes que ela termine de falar, uma porta se materializa no palco e dela sai uma garota usando camiseta branca e legging preta. A plateia começa a aplaudir. Uau... Será que esse tipo de truque é possível para qualquer Garota Mágica? Imito as outras e começo a aplaudir, até que a moderadora interfere, visivelmente constrangida.

— Pessoal, essa não é a nossa presidenta! É Choi Heejin, a Garota Mágica do Espaço.

Os aplausos se transformam em murmúrios. Choi Heejin acena para a moderadora, apontando para o microfone, e alguém da organização do evento lhe entrega um sem fio.

— Ai, mil desculpas! Eu só queria ir para o lugar com a maior concentração de Garotas Mágicas reunidas e acabei vindo parar no palco! Vou direto ao ponto: preciso que três Garotas Mágicas me ajudem a capturar um grupo terrorista pra ontem. Fechou?

Choi Heejin estende o braço e deixa o microfone cair.

Lute como uma Garota Mágica

O aeroporto está num silêncio mortal, quase completamente vazio. Os gritos das pessoas que fogem ainda reverberam em meus ouvidos, me deixando com o coração disparado. É a primeira vez que piso num aeroporto e fico imaginando se, de um jeito ou de outro, tudo aquilo é normal. (Aeroportos costumam ser tão grandes assim? As paredes são mesmo todas de vidro? As placas são sempre em inglês?) Por todo lado há rastros de destruição, possivelmente causados muito mais pelas pessoas em fuga do que pelos terroristas.

Enquanto cantarola, Choi Heejin traça o formato de uma porta no ar e passa por ela. Logo depois ela sai outra vez.

— Interroguei o pessoal daqui; quase todas as pessoas já saíram, mas ainda não conseguiram encontrar a bomba. Acho que vocês duas só precisam encontrá-la.

— Que pessoal? — pergunto a Ah Roa num sussurro, mas é Choi Heejin quem me responde.

— Os ingleses, é óbvio. Quem é você, *unnie*?

— Ela está comigo — responde Ah Roa. — Achei que pudesse ser um bom passeio de campo.

Não, peraí, quer dizer que estamos na Inglaterra? Eu nunca sequer entrei em um avião na vida, e agora estou num aeroporto da Inglaterra?! Agora entendi por que todas as placas estão escritas em inglês... Ah Roa me abraça pelos ombros e diz, com a voz firme:

— Não se preocupe. Se acontecer alguma coisa, eu te protejo.

Hum, você... é clarividente. Como vai me proteger numa emergência?!, penso em responder, mas controlo a língua ao notar o brilho nos olhos dela. É Choi Heejin quem expressa o que desejo dizer de um jeito um pouco mais direto.

— Passeio de campo?

— Isso mesmo.

— E você vai protegê-la?

— Exatamente.

Dá para sentir a animosidade entre as duas; Choi Heejin encara Ah Roa, que apenas sorri com suas respostas diretas. *Ninguém quer saber a minha opinião? Eu só queria sumir daqui... Minha primeira vez fora do país e é numa situação dessas...*

— *Unnie*, você não é a Garota Mágica da Clarividência?

— Sou, sim.

— Está achando que isso aqui é alguma brincadeira?

— De forma alguma.

Ah Roa bloqueia as perguntas afiadas de Choi Heejin com a maior naturalidade. Choi Heejin fica visivelmente tensa por um segundo, depois parece murchar.

— Um passeio de campo quando milhares de vidas estão em risco... Então tá. É culpa minha por não ter escolhido direito quem trazer.

Você estava cantarolando agorinha mesmo... e eu nem queria ter vindo!, penso. Choi Heejin ergue as mãos em sinal de rendição e balança a cabeça.

— Ai, tanto faz. Não temos tempo pra isso. Vamos nos dividir; temos alguns aviões presos na pista porque os terroristas estão impedindo as decolagens, certo? Eu vou coordenar a evacuação dos aviões enquanto vocês procuram a bomba junto com o pessoal daqui. Ah, e fiquem de olho nos terroristas. Até daqui a pouco!

Choi Heejin desaparece por um instante, então reaparece por um portal trazendo dois carrinhos que parecem de brinquedo — pelo que Ah Roa me contou, carrinhos de golfe também são usados em aeroportos. Ela os empurra até a gente antes de sumir outra vez. E lá vou eu, junto com Ah Roa e outras duas Garotas Mágicas que nunca vi na vida.

— Prefiro seguir por conta própria — diz uma delas, de vestido florido e óculos escuros. Ela põe os óculos na cabeça e completa: — Chamo vocês se surgir algum problema. Até mais!

Só depois fiquei sabendo que aquela era Cha Minhwa, a Garota Mágica das Fragrâncias. *Bem... alguém com esse tipo de poder definitivamente não deveria agir sozinha,* pensei, mas Ah Roa me explicou depois que ela sempre trabalha sozinha e se mantém afastada de outras Garotas Mágicas por causa de suas fragrâncias paralisantes e alucinógenas.

— É melhor a gente ir também.

E com isso, partimos; Ah Roa na frente com a outra Garota Mágica, e eu sentada no banco de trás. É melhor que essa menina tenha um poder danado de bom para compensar por uma clarividente e alguém ainda sem poder nenhum. Só tem um porém... ela é baixinha demais! Sua cabeça mal alcança os ombros de Ah Roa. Ficamos em silêncio durante algum tempo, somente circulando devagar pelo aeroporto. Acho que a garota não é de muitas palavras... Se bem que eu também não estou muito a fim de papo; prefiro ficar sozinha com meus pensamentos. Estou tão constrangida que não me incomodaria nem um pouco se algum terrorista brotasse do chão agora mesmo.

— Você sabe que toda Garota Mágica tem um poder diferente, não é?

É claro que Ah Roa é a primeira a abrir a boca. Por algum motivo, não sinto vontade de responder e só confirmo com a cabeça. Mas ela, ocupada com o volante, não consegue me ver e continua:

— Então... alguns poderes podem parecer meio bobos. E alguns até são. A questão é que, dependendo do uso que cada uma dá ao próprio poder, os resultados serão diferentes.

Ah Roa desliga o carrinho elétrico. Dá para ver a pista de pouso do lado de fora das janelas enormes. Pelo visto, estamos mesmo em outro país; deve ser umas três ou quatro da tarde em casa, mas é quase de manhã aqui. A Coreia do Sul fica umas nove horas à frente da Inglaterra, né? Tento me lembrar do relógio com as horas do mundo na loja do meu avô. Os aviões enfileirados lado a lado, ao longe e todos bem juntinhos, se parecem tanto com brinquedos que é difícil acreditar que estamos lidando com terroristas.

— É verdade que o poder da clarividência não é muito útil durante uma briga.

As palavras de Ah Roa me tiram dos meus devaneios. Ela parece ter muito a dizer; talvez Choi Heejin tenha cutucado alguma ferida agora há pouco.

— Mas saber quando e onde você precisa estar é uma habilidade bem importante. Além disso, consigo ver diferentes futuros possíveis ao mesmo tempo. Agora, por exemplo, vejo alguns caminhos em que falhamos em derrotar os terroristas; outros em que obtemos sucesso parcial; e uma única possibilidade de obtermos sucesso total. Somente eu consigo visualizá-los, e utilizo o Espelho de Ah Roa quando preciso mostrá-los a outra pessoa.

Hum, então é para isso que serve o tal espelho... Ainda absorta no cenário do lado de fora das janelas, ouço as palavras de Ah Roa sem prestar muita atenção nelas.

— E a gente está muito distante do sucesso total? — pergunta a Garota Mágica baixinha, que até agora permanecia em silêncio.

— No momento, a probabilidade de sucesso total e de fracasso total é quase a mesma.

— Hum, com licença...

Eu sabia que as duas estavam discutindo um assunto importante, mas é impossível não me intrometer. Do outro lado das janelas, uma das aeronaves está vindo direto em nossa direção. Apesar de não entender muito de aeroportos e aviões, até eu consigo perceber que aquele ali não está tentando decolar, e, sim, colidir com o lugar onde estamos!

— Isso, pode ir — diz Ah Roa, assentindo para a garota baixinha.

O silêncio sepulcral do aeroporto faz parecer ainda mais surreal o avião que se aproxima, agora nem um pouco parecido com um brinquedo. A Garota Mágica baixinha de repente salta para fora do carrinho, uma sombra imensa recai sobre nós e as janelas de vidro se estilhaçam com um estrondo.

Mesmo vendo com meus próprios olhos, não consigo acreditar.

Um punho do tamanho do carrinho de golfe atravessa uma das janelas, pertencendo a ninguém menos do que à Garota Mágica cuja característica mais marcante para mim até pouco tempo era ser baixinha. Ela salta pelo buraco no vidro e seu corpo cresce até ficar na proporção do punho enorme. O avião, avançando depressa, volta a parecer um brinquedo.

— Opa!

A garota gigantesca levanta o avião sem o menor esforço e o joga longe como se soltasse um inseto voador. Ah Roa e eu inclinamos a cabeça para trás ao mesmo tempo, como torcedoras em uma partida de beisebol, vendo a bola voar para fora do campo. Bem ao longe, o avião explode.

Depois fiquei sabendo os detalhes pelo noticiário. Estávamos no aeroporto de Heathrow, em Londres. Naquele dia, Choi Heejin ajudou a evacuar centenas de passageiros, enquanto Cha Minhwa teve um papel decisivo na captura dos terroristas restantes. Descobri que a baixinha se chama Ahn Subin e que, sendo a Garota Mágica do Crescimento, pode aumentar o tamanho do próprio corpo como desejar. O avião que ela lançou no ar estava cheio de explosivos e, se tivessem sido detonados, seu braço inteiro teria ido pelos ares.

Além disso, em agradecimento por sua ajuda, o governo britânico presenteou as Garotas Mágicas coreanas com medalhas e uma recompensa em dinheiro!

No fim das contas, apesar de eu não ter feito nada, Ah Roa insistiu para que eu também recebesse parte da recompensa, por isso, decidimos ir juntas ao escritório do Sindicato. Dentro do táxi, ela segura minha mão como é seu costume, sentada ao meu lado no banco de trás.

— Como se sente?

— Meio nervosa. Não sei se devo aceitar esse dinheiro.

Já que a recompensa foi dividida conforme o mérito na missão, a quantia que vou receber não é lá muito alta, mas também não é nada a se jogar fora.

— É claro que deve. Se não tivesse levado você para um passeio de campo, eu nem teria ido, e se eu não tivesse ido, Subin não teria capturado o avião na hora e no lugar certo. E os danos ao aeroporto teriam sido irreparáveis, mesmo que ninguém morresse.

Sem contar que esse dinheiro faria a maior diferença para mim. Sinto uma ânsia de perguntar se ela sabe o que são juros do rotativo, mas me seguro e mudo de assunto.

— Parece que eu sou a Cinderela e a magia vai desaparecer assim que eu voltar para casa.

Chegamos a um prédio enorme e antigo no bairro de Jongno, mais apropriado para um grupo de velhinhos reunidos para jogar Go do que para uma associação de Garotas Mágicas.

— Você deve estar querendo saber como despertar seus poderes logo — comenta Ah Roa, segurando a porta de vidro para que eu passe.

— Pois é, falando nisso… — começo, enquanto subimos um lance de escadas que não parece nem um pouco mágico. — O que exatamente eu preciso fazer para me tornar uma Garota Mágica?

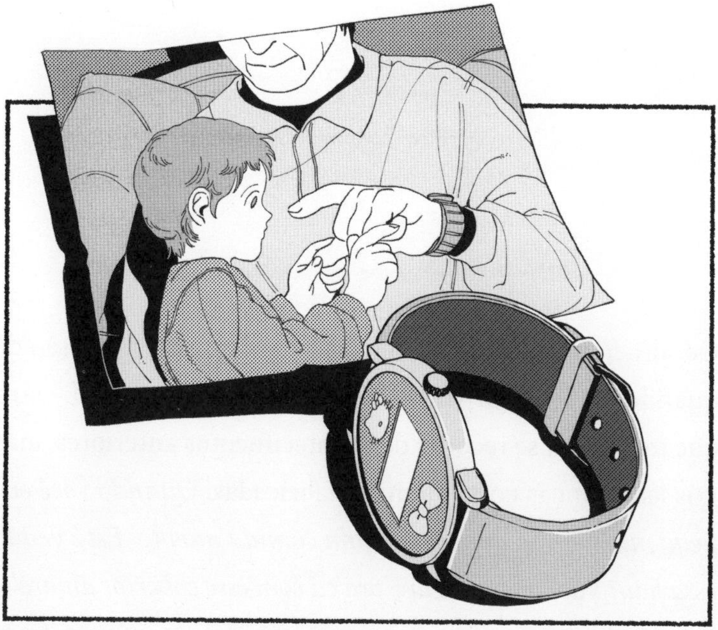

O que é mais valioso para uma Garota Mágica

Geralmente, as primeiras lembranças de uma pessoa são de quando ela tem por volta de quatro ou cinco anos. É claro que tem quem se recorde de acontecimentos anteriores, mas tais lembranças costumam ser fabricadas. *Quando você era pequena, nem se importava com comida quente. Está vendo essa foto? Você vivia pra lá e pra cá com esse cobertor amarelo.* É ouvindo coisas assim que as pessoas fabricam memórias falsas. Quando os comentários são muito cheios de detalhes, esse tipo de lembrança toma forma: uma colherada direto da panela, sem medo de se queimar; a textura e a estampa do cobertor amarelo esquecido já há muito tempo. Mas não sei se é correto chamá-las de falsas, afinal, lembranças são subjetivas. Conseguimos nos recordar com detalhes quando ouvimos o que os adultos contam ou quando observamos uma fotografia porque muito provavelmente lembranças similares permaneceram guardadas em algum lugar do cérebro. Será que podemos mesmo chamá-las de falsas?

Eu também tenho uma lembrança assim. Eu estava sentada nos joelhos do meu avô e olhava com bastante interesse para o seu relógio de pulso. Devia ter uns dois ou três anos, talvez até menos. Era um relógio chique, de modelo antigo, feito de um ouro brilhante. *Olha só, já tá interessada no relógio. Hahaha!* Quase consigo ouvir as risadas dos adultos. Eu não tinha idade suficiente para entender as palavras.

Também tem uma foto desse momento. Não sei dizer se criei uma memória falsa a partir da foto ou se ela é a prova de que ela é real. Analisando objetivamente, a foto mostra apenas o seguinte: uma bebê sentada nos joelhos do avô. E já que o foco está na bebê, o avô aparece somente dos ombros para baixo. Em seu pulso, há um relógio dourado. A bebê agora tem vinte e nove anos, e o relógio lhe pertenceu até pouco tempo atrás. É por isso que ela sabe, mesmo sem poder ver o rosto, que aquele adulto é o avô.

— Essa foto é o que você tem de mais valioso?

— Não tenho muitas fotos de infância, e essa foto tem relação direta com a minha lembrança mais antiga, então acho que posso dizer que sim.

Foi Ah Roa quem pediu que eu trouxesse o objeto que tivesse mais significado para mim, dizendo que seria necessário. Não faço ideia de por que meu objeto de maior valor seria útil na sede do Sindicato Nacional das Garotas Mágicas, mas me sinto meio constrangida com a pergunta de Ah Roa, mesmo sabendo que a intenção dela não foi menosprezar minha escolha.

— Seu avô devia te amar muito.

Quem faz o comentário é a presidenta do Sindicato, Yeon Riji. Ela é muito alta e tem um olhar gentil, mas é meio estranho chamá-la de Garota Mágica, visto que já é uma senhorinha. Então essa é a famosa primeira Garota Mágica da Coreia do Sul...

— Como a senhora sabia que esse era meu avô?

Não dá para ver o rosto dele na foto, e seria possível pensar que fosse meu pai ou qualquer outro homem, mas, por incrível que pareça, ela acertou de primeira!

— Eu simplesmente sabia — responde Yeon Riji com um sorriso enigmático. — Pois bem, vou repetir a pergunta. Essa foto é o que você tem de mais valioso?

— Ah, isso aqui também...

Hesito ao estender o primeiro relógio que ganhei do meu avô.

Quando eu era bem pequena — ou seja, na época em que minhas memórias falsas começaram a se sobrepor às reais —, éramos só eu e meu avô. Por ter passado a infância zanzando pela loja, aprendi a ler as horas mais cedo do que as outras crianças, o que acho que contribuiu para que meu avô me considerasse um prodígio. Como descobri mais tarde, saber ler os ponteiros de um relógio é uma tarefa considerada difícil o suficiente para ser ensinada nos livros didáticos, e o fato de eu ter aprendido a fazer isso sozinha deve ter parecido algo extraordinário. Por outro lado, só fui conseguir ler e escrever direito com mais de dez anos, o que faz de mim uma bela porcaria de prodígio. Tenho grande interesse em relógios, só isso.

Eu devia ter uns seis ou sete anos quando meu avô me pediu para escolher o meu relógio preferido dentre todos que havia na loja. Talvez ele — que acreditava piamente na minha suposta genialidade — estivesse tentando me mostrar só a nata dos produtos que vendia, mas nada daquilo encheu meus olhos. Eu escolhi um relógio esportivo digital com pulseira azul-clara. Por quê? Porque tinha um desenho da Hello Kitty. Ainda me lembro da risada dele. Talvez estivesse desapontado comigo, mas eu não tinha como saber e apenas ri junto. Agarrei aquele relógio — que, a propósito, não tem qualquer valor de revenda — com todas as minhas forças.

Eu me pergunto se Yeon Riji não consideraria aquilo uma besteirinha qualquer e começaria a rir também. No entanto, ela mantém a expressão serena e reverente ao pegar o relógio da minha mão.

— Você se importaria se isso aqui desaparecesse?

— Desaparecesse?

— Precisamos usar sua lembrança mais valiosa para criar seu instrumento de magia. Para ser mais exata... "desaparecer" não é a palavra correta; digamos que o objeto será "transfigurado".

— Isso é mesmo necessário?

Até pouco tempo eu estava com vergonha de que meu relógio pudesse parecer uma bobagem, mas agora me sinto agoniada com a possibilidade de que ele vá simplesmente sumir.

— Não é que seja necessário, mas... Como posso explicar...?

Yeon Riji lança um olhar para Ah Roa, que pega seu espelho e se levanta da cadeira.

— Desejo saber o que virá depois. Seremos todos felizes amanhã? Eu tenho a resposta! Ah Roa, Garota Mágica da Clarividência: transformar!

O espelho de Ah Roa emite um feixe de luz que preenche todo o escritório, e o vestido branco que ela usa se transforma num traje feito de um material esquisito que reflete a luz com um arco-íris. *Ah! Então é assim que acontece uma transformação em Garota Mágica!*, penso, mas então me dou conta. Quer dizer que o vestido branco que ela não tira do corpo não é o seu traje de Garota Mágica, mas uma roupa comum?

— Você já me viu usar meus poderes, então deve ter percebido que a transformação não é necessária para utilizar as habilidades de Garota Mágica — começa Ah Roa, com as mãos no quadril. — Mas, quando temos um instrumento de magia, conseguimos realizar a transformação, o que torna mais fácil nos habituarmos aos poderes.

— Hum, entendi... Então, se as Garotas Mágicas fossem bicicletas, os instrumentos de magia seriam as rodinhas?

— Seria mais correto dizer que Garotas Mágicas são o ciclista, enquanto os poderes são a própria bicicleta — responde a presidenta, achando graça. — Existem muitas Garotas

Mágicas que não têm um instrumento de magia e, portanto, não conseguem realizar a transformação. Outras não necessitam de um instrumento porque conseguem despertar a transformação naturalmente, e há também quem não precise mais dele porque utilizar seus poderes se tornou algo corriqueiro, como é o caso da nossa clarividente aqui. Às vezes também ocorre de algumas Garotas Mágicas me procurarem depois de um tempo, pedindo que eu crie um instrumento de magia para conseguirem utilizar melhor seus poderes. E há os casos que exigem prioridade. Para essas Garotas Mágicas, eu crio o instrumento antes mesmo que seus poderes despertem, porque elas têm urgência.

Por que tenho a sensação de que estou inclusa nesse último grupo?

— Urgência? — questiono.

Yeon Riji e Ah Roa trocam olhares. Não consigo evitar o pensamento de que as duas estão conspirando contra mim ou me escondendo alguma coisa.

— Nós... chegamos a um consenso de que o fim do mundo está próximo — diz Roa.

— E por "nós", estamos falando das Garotas Mágicas do mundo todo, não só as da Coreia — explica a presidenta, em um tom solene.

— Dado o aviso, todas as Garotas Mágicas desta geração se reuniram com o objetivo comum de impedir o apocalipse — complementa Ah Roa.

— Por isso encontrar a Garota Mágica do Tempo é de extrema importância; ela será a chave para o mundo além do colapso.

Assim que escuto essas palavras, sacudo as mãos no ar e as interrompo.

— Peraí, como assim, "apocalipse"? Tipo, vão aparecer demônios ou alienígenas? Ou alguma guerra vai explodir? Alguém mais sabe disso, além das Garotas Mágicas?

— Claro, *todo mundo* sabe. O verdadeiro fim do mundo, o colapso total, são as mudanças climáticas. — O olhar gentil de Yeon Riji de repente se torna sinistro. — O fim do mundo não será causado por demônios ou alienígenas, pelo menos, não agora. Mas a verdade é que a emergência climática está mesmo chegando a um nível catastrófico.

Pensando em retrospecto, não tinha sido esse o tema da apresentação durante a feira de profissões no dia do ataque terrorista no aeroporto de Londres? O papel das Garotas Mágicas num planeta sustentável ou algo assim? Eu não consegui assistir por causa da operação contra os terroristas, mas, pelo visto, não tinha nada a ver com o descarte correto de resíduos...

— A Garota Mágica do Tempo tem um papel essencial nisso, e temos alguns planos em mente. O primeiro é ela fazer o tempo parar completamente e, enquanto isso, as Garotas Mágicas ao redor do mundo trabalham juntas para destruir indústrias poluidoras; outro é ela voltar no tempo para antes de as calotas polares começarem a derreter e impedir que a temperatura do planeta aumente... Por fim, pensamos até em um último recurso.

A presidenta fica com a voz embargada, e Ah Roa assume o comando:

— Fizemos um plano para restaurar a Terra de volta a um momento específico, algo que só a Garota Mágica do Tempo é capaz de fazer.

— Mas isso não seria o fim do mundo como o conhecemos também?

— É por isso que é nosso último recurso.

Um arrepio me percorre. Eu me tornar a Garota Mágica do Tempo e utilizar meus poderes ao máximo significa controlar o futuro. E essas pessoas desejam utilizar esse poder para impedir a destruição do planeta.

— Obviamente, só vamos recorrer a isso caso nenhum outro plano dê certo. E o mais importante é saber se a Garota Mágica do Tempo estará disposta a levar algo assim a cabo.

— Entendi... — Eu assinto. — Então acho que é melhor eu ter um instrumento de magia.

Uma onda de orgulho me atinge ao perceber a satisfação estampada no rosto de Ah Roa e da presidenta. Mais do que a empolgação por poder me tornar alguém importante — e, quem sabe, até ganhar uma boa graninha pelo trabalho —, uma sensação de propósito (se é que dá para chamar assim) enche meu peito pela primeira vez na vida. *É isso aí*, penso, *vamos tentar esse negócio de Garota Mágica então...*

A presidenta pega um par de luvas de cozinha e coloca nas mãos. Apesar de parecerem simples, feitas de tecido comum, um brilho misterioso em volta delas me faz pensar que também devem ser um instrumento de magia.

— Certo, me dê seu objeto de maior valor.

— A senhora mesma vai criar o instrumento?

— Mas é claro. Sou a Garota Mágica da Criação; as luvas também foram feitas por mim. Cada instrumento das Garotas Mágicas do país foi criado com essas luvas aqui.

— Ah, bem... Então conto com a senhora.

Estendo a foto e o relógio. Acho que só um deles não basta. Não sinto que seja uma perda; não são objetos de valor material e, por mais que representem as minhas lembranças, é incrível que seja a importância que têm para mim o que vai me tornar uma Garota Mágica. Por mais estranho que pareça, saber disso faz deles *ainda mais* especiais.

— Ótimas escolhas. Quanto maior o valor sentimental do objeto, maior a eficácia do instrumento.

Yeon Riji estende a mão esquerda e pega a minha direita — que segura a foto e o relógio —, depois pousa a sua outra mão por cima. Ela fecha os olhos, minha mão escondida entre suas luvas de cozinha. O brilho fraco que emerge das luvas aos poucos vai aumentando de intensidade, até que um feixe de luz em todas as cores do arco-íris preenche o espaço entre elas. Do interior da minha mão emana um calor que faz meu coração disparar.

— O instrumento toma a forma daquilo que é caro ao coração da Garota Mágica. Ponha todo o seu coração nele.

O feixe de luz fica cada vez mais brilhante até que finalmente parece tomar uma forma física. Não consigo mais manter o punho cerrado e, assim que abro os dedos, uma esfera luminosa se liberta das mãos enluvadas da presidenta e paira no ar.

Vovô, acho que estou prestes a virar uma Garota Mágica... Está acontecendo mesmo! Estou me tornando uma Garota Mágica!

Ainda com as mãos unidas, mesmo após eu ter retirado a minha do meio, a presidenta começa a afastar as palmas pouco a pouco. Do interior da esfera luminosa, consigo ver um objeto retangular rodopiando. De ombros colados, Ah Roa e eu não conseguimos desviar os olhos. Se aquilo fosse uma bola de fogo, nossas sobrancelhas virariam cinzas de tão próximas que estamos.

— O que... é isso? — pergunta Ah Roa.

O objeto começa a diminuir a velocidade à medida que vai tomando forma, mas eu já sei do que se trata antes mesmo de ele parar por completo.

— Parece um... cartão... de crédito.

— Um cartão de crédito?

Ah Roa me olha, confusa. Está claro que o objeto flutuando no ar é um cartão de crédito preto: de um lado, a tarja magnética; do outro, meu nome. No entanto, não tem a logomarca de nenhum banco estampada.

Tenho certeza de que nós três nos perguntamos por que o instrumento de magia da Garota Mágica do Tempo tem a forma de um cartão de crédito, mas nenhuma de nós se atreve a perguntar.

Garota Mágica do Tempo: transformar!

O instrumento de magia no formato de cartão de crédito pousa de leve na minha mão. Por um instante, ninguém — nem eu, nem Ah Roa, nem a presidenta Yeon Riji — diz nada. Ficamos todas olhando fixamente para o objeto.

— Que... — sinto que a presidenta escolhe a palavra a dedo e, com um sorriso gentil no rosto, conclui: — ... peculiar.

Não é algo ruim de se dizer; a intenção até que é boa, mas, parando para pensar, é o tipo de coisa que se diz ao ver um neném ou um cachorro que não pode ser chamado de bonito nem de fofo, então soltamos um "que forte" ou "que espertinho". Fico morta de vergonha por saber que o instrumento assume a forma do que é mais caro ao coração da Garota Mágica, e o meu virou um cartão de crédito. Pelo fato de os juros do rotativo terem alugado um triplex em algum canto da minha mente, e isso ter sido escancarado para as outras Garotas Mágicas.

Mas, principalmente… o que um cartão de crédito tem a ver com a questão do tempo? Será que é porque tempo é dinheiro? Ou porque quanto mais o tempo passa, mais os juros aumentam? Forçando um pouco a barra, é possível criar algum tipo de significado, mas me parece errado que uma coisa assim seja o símbolo da Garota Mágica do Tempo.

— Por enquanto, você não conseguirá se transformar quando bem entender — explica a presidenta, tirando as luvas. — É natural; não fique chateada nem acanhada. Se precisar, peça a ajuda de Ah Roa. Pense em um chamado para sua transformação e experimente treinar em um local bem iluminado e espaçoso. Talvez você tenha dificuldade em manter sua energia sob controle no início.

Seguro as lágrimas e limpo a garganta antes de me curvar em agradecimento.

— Obrigada.

Ela abre um sorriso bondoso.

— Você vai se tornar uma Garota Mágica incrível. Desejo muita sorte.

Ah Roa e eu deixamos a presidenta molhando suas orquídeas e saímos da sede do Sindicato.

Ah Roa me leva até a quadra de esportes de um dos parques nas margens do rio Han. Apesar de ser um lugar espaçoso e iluminado, conforme a recomendação da presidenta, o número considerável de pessoas praticando esportes por ali me deixa constrangida. Ah Roa insiste, sem compreender minha vergonha, mas continuo enrolando, sem entender como ela pode não sacar algo tão óbvio, e ficamos nesse embate até encontrarmos um espaço vazio, entre um estacionamento e a quadra. Pego meu instrumento de magia; é meio estranho pensar que é algo claramente feito das minhas lembranças e que nunca mais me separarei dele.

— E se eu perder o cartão?

— É impossível — diz Ah Roa, balançando a cabeça com veemência. — Ele faz parte de você, e mesmo que o esqueça em algum lugar, seu instrumento sempre vai encontrar o caminho de volta. — *Clap!* Ah Roa bate palmas e levanta a voz. — Certo! Chega de enrolação, vamos treinar!

— Que exagero! Você se transformou numa treinadora carrasca de repente.

— Carrasca? Dependendo de como você se comportar, eu posso ser um anjo ou um demônio.

O entusiasmo dela é tão fervoroso que acabo ainda mais tensa. Ao mesmo tempo, me traz motivação; preciso mesmo me mexer. Olhando em volta, ergo o instrumento de magia na minha mão, parecendo um juiz de futebol mostrando um cartão amarelo. Solto as primeiras palavras que me vêm à cabeça.

— Tá bom… Garota Mágica do Tempo… transformar?

Nada acontece.

Está um dia escaldante, mas o suor que escorre pelo meu corpo não se deve ao calor, e, sim, à humilhação. Quando observo Ah Roa de rabo de olho, ela grita:

— Força! Pense no tipo de Garota Mágica que deseja ser e tente de novo!

O tipo de Garota Mágica que desejo ser... Eu não faço ideia. Como imaginar algo que não existe ainda? Será que alguém tem esse tipo de talento no mundo? Fecho os olhos com força e me imagino usando um traje parecido com o de Ah Roa; a imagem é tão hilária que preciso me esforçar para não deixar uma risada me escapar pelo nariz. Tento outra vez:

— Garota Mágica do Tempo: transformar?

Acho que não fui nada mal, mas Ah Roa é uma treinadora difícil de agradar.

— Por que esse tom de dúvida no final? Está perguntando para quem? Da próxima vez, quero ouvir um imperativo!

— Garota Mágica do Tempo... transformar!

— Pra que essa pausa? De novo!

— Garota Mágica do Tempo: transformar!

Um brilho irradia do centro do instrumento de magia... e logo se esvai.

— Olha só, está dando certo! Você é um prodígio mesmo! Pode ser que a gente termine isso ainda hoje.

Ah Roa bate palmas e rasga elogios a mim. Até eu fico surpresa; minhas mãos... meu instrumento... Alguma coisa mudou! Mesmo que eu ainda não consiga despertar meus poderes ou realizar a transformação. Fico um pouco encabulada e coço a cabeça com o cartão de crédito, mas baixo a mão quando encontro o olhar de Ah Roa.

— E aí, vamos criar seu próprio chamado de transformação? — pergunta ela com os olhos brilhando.

— Não foi isso que acabei de fazer?

— Tecnicamente, sim, mas ainda falta alguma coisa. Como posso dizer? Suas palavras foram como esfregar uma pedra na outra para acender uma fogueira. Funciona, mas entoar um chamado específico, imaginando o tipo de Garota Mágica que você deseja ser, é como usar um isqueiro em vez de uma fagulha.

— E como é que eu "acendo" um chamado?

— Isso você terá que descobrir sozinha — responde ela com os olhos arregalados, como se eu tivesse feito uma pergunta absurda.

Quer dizer que eu precisaria pensar sozinha num negócio vergonhoso desse? Não posso só balançar meu instrumento e fazer com que as palavras venham magicamente até mim, que nem numa história em quadrinhos?

— Fica mais fácil se pensar que é uma forma de se apresentar. Berrar o próprio nome não é bem uma apresentação, não é? Pense em como você, sendo uma Garota Mágica, poderia explicar o que faz da vida e o que planeja para o futuro.

Mas... eu nem sei direito como me apresentar como garota comum, que dirá como Garota Mágica. E que diferença faz dizer onde nasci ou em qual bairro moro ou quantos anos tenho? Não dá para dizer "Garota Mágica do Tempo de vinte e nove anos que mora em Mapo: transformar".

— Passado, presente, futuro... Garota Mágica do Tempo: transformar!

Meu instrumento de magia reage outra vez às minhas palavras murmuradas sem nenhuma convicção. Ah Roa dá pulinhos de alegria.

— Olha só! Foi bem melhor desta vez!

— É... Acho que a parte difícil é criar um chamado de transformação sozinha.

— Quer usar o meu como base?

— Como era mesmo?

— Desejo saber o que virá depois. Seremos todos felizes amanhã? Eu tenho a resposta. Ah Roa, Garota Mágica da Clarividência: transformar! — entoa ela depressa.

É um excelente chamado de transformação, que combina bastante com ela e ainda explica suas habilidades de Garota Mágica da Clarividência. Quer dizer que Ah Roa criou esse chamado sozinha? Fecho os olhos e respiro fundo, segurando o cartão de crédito junto ao peito.

É como se estivesse falando com alguém. Como se apresentasse minhas habilidades de Garota Mágica. Como se quisesse reafirmar minha existência. Mais do que para qualquer outra pessoa — para mim mesma.

— Fluindo de maneira justa em todo lugar...

Na minha mente, a imagem que se forma é a do relógio com as horas do mundo na loja do meu avô.

— Sem nunca correr, cessar nem recuar…

A próxima imagem é a de um relógio antigo, que estava parado há um tempão, e que voltou a funcionar no momento em que troquei a bateria.

— A mais antiga e poderosa força do mundo, que abraça o poder das horas…

Meu coração dispara.

— Garota Mágica do Tempo: transformar!

Uma energia revigorante envolve meu corpo, e tenho a sensação de que meu sangue fica efervescente (nem imagino como seria isso, mas é como me sinto). A impressão de estar levitando também me atinge, e abro os olhos devagar.

Eu consegui?

O que chama minha atenção primeiro são os olhos arregalados de Ah Roa. Observo meu corpo e minhas roupas em busca de algo diferente, mas as roupas são as mesmas de antes e meus pés continuam plantados no solo. Ainda assim… ainda assim, alguma coisa mudou, tenho certeza. Eu sinto que, dessa vez, algo está acontecendo.

— Foi sensacional! — Meu coração está acelerado, e minha voz sai um tantinho mais alta sem querer. — É como se… Acho que é isso! Mais um pouquinho e vou conseguir!

Bem diferente da minha reação entusiasmada, porém, Ah Roa continua inexpressiva, encarando o vazio com os olhos arregalados.

— O que foi?

Como não percebi de imediato? Se o que aconteceu fosse mesmo um sinal do meu sucesso, Ah Roa estaria até mais feliz do que eu. Mas ela não demonstra nenhuma reação além do silêncio e do olhar fixo e distante. Fico um pouco frustrada e, de certa forma, assustada.

— Ah Roa, qual o problema?

Quando a chamo de novo, ela desaba no chão com a cabeça entre as mãos. Eu me mantive um pouco afastada por causa das possíveis ondas de energia criadas durante o processo de transformação e não chego a tempo de ampará-la. Assim que me aproximo e estendo a mão, Ah Roa levanta os olhos para mim... e estão cheios de lágrimas. Elas pingam de seu rosto pálido, numa expressão de espanto.

— Minha previsão estava errada.

Ela se levanta sem a ajuda da minha mão.

— Todo mundo erra, isso deve acontecer de vez em quando. Mas por que você está chorando? — pergunto.

Envergonhada de ter ficado no vácuo, puxo a mão que tinha estendido e junto as duas num aperto. Por mais que eu não conheça Ah Roa tão bem assim, ela sempre foi muito enérgica e direta; vê-la cair no choro desse jeito me deixa com vontade de chorar também. Ah Roa balança a cabeça devagar.

— Nunca errei uma previsão antes!

Sinto meu estômago embrulhar.

Alguma coisa deu muito errado.

Para falar a verdade, já conheço bem essa sensação. Na minha vida, sempre pareceu natural que as coisas dessem errado.

Por mais agoniada que eu esteja, de algum modo estranho, meio que consigo imaginar o que Ah Roa está prestes a dizer.

Ela continua, chorando alto:

— A Garota Mágica do Tempo acabou de despertar.

Meu coração, que batia rápido e descompassado, se parte em pedacinhos. Ah Roa se senta outra vez e esconde o rosto nas mãos.

— E ela... não é você.

A carta de uma Garota Mágica

Teria feito alguma diferença se eu tivesse levado mais a sério?

Se tivesse tido um pouco mais de foco? Se minhas habilidades fossem um pouco melhores? Se eu as tivesse despertado dez segundos, cinco, *um segundo* antes, a clarividência de Ah Roa ainda teria falhado?

— Me desculpe.

Sinto que sou eu quem deve pedir desculpas, mas é Ah Roa quem fala primeiro. Ela massageia as têmporas com um dos olhos fechados, como se estivesse com dor de cabeça.

— Me desculpe, de coração.

Ela de repente se levanta e sai correndo. Ah Roa deixa a quadra de esportes com tanta pressa que me pergunto se ela não é a Garota Mágica da Velocidade em vez de da Clarividência.

Continuo paralisada, sem mexer um músculo, como se Isso fosse o esperado de mim, até a figura de Ah Roa ir diminuindo e sumir no horizonte. Até as sombras da quadra se alongarem e me deixarem no escuro.

Até eu começar a sentir vergonha do cartão preto em minhas mãos, que parece estar me encarando.

A caminho de casa, passo numa loja de conveniência e pego uma garrafa d'água. Tento pagar com o tal cartão. Recusado, para surpresa de ninguém.

Dois dias depois, encontro o envelope com a carta meio enfiado debaixo da minha porta. Não tem remetente, mas ao analisar o envelope branco e imaculado, sem um pingo de poeira mesmo estando no chão, já imagino de quem seja.

Na parte superior do papel de carta branco, decorado com uma fita de renda nas bordas, vejo escrito:

Oi, aqui é a Ah Roa.

Óbvio.

Sinto uma mistura estranha de alívio com ressentimento. Por um lado, fico contente por Ah Roa não ter me abandonado por completo, mas, por outro, não consigo tirar o gosto amargo da boca ao pensar no motivo para ela ter agido daquela forma.

Peço mil desculpas por ter ido embora daquele jeito ontem. Não importa se eu não estava bem, foi grosseiro da minha parte.

Ontem? Quer dizer que já se passou tanto tempo desde que ela deixou a carta para mim? Depois de voltar para casa, após minha tentativa de realizar a transformação, passei quase todo o tempo deitada, e nem percebi a existência da carta dela.

Teria feito diferença se tivesse percebido? Eu teria convidado Ah Roa para entrar e bater um papo? Eu teria coragem de fazer isso?

Tem várias coisas que eu gostaria de dizer, mas sinto vergonha de falar pessoalmente, por isso pensei em escrever esta carta. Mas, agora que estou escrevendo, não sei por onde começar.

O que mais quero dizer é como fiquei feliz quando te conheci.

Não consigo nem expressar como eu estava ansiosa para o despertar da Garota Mágica do Tempo. Nosso Sindicato, assim como todas as associações de Garotas Mágicas ao redor do mundo, mal podia esperar para que ela aparecesse, mas ninguém esperava tanto por ela quanto eu. Uma Garota Mágica da Clarividência deve sempre ter convicção do que diz, mas se há algo que posso dizer com a maior convicção, é o seguinte: ninguém no mundo esperou tanto pela Garota Mágica do Tempo quanto eu.

Porque a base da clarividência é a certeza sobre o futuro.

E, ao mesmo tempo, é o ato de transformar o presente em passado.

Minha habilidade tem muito a ver com o poder do tempo e, dependendo da perspectiva, dá para dizer que a Garota Mágica da Clarividência é uma espécie de companheira da Garota Mágica do Tempo. Pelo menos é o que eu acredito.

Para falar a verdade, todas as Garotas Mágicas que lidam com poderes invisíveis têm um certo complexo de inferioridade. Algumas menos, outras mais. Até outras Garotas Mágicas às vezes nos olham com desprezo, e nós mesmas acabamos duvidando dos nossos poderes. Sendo clarividente, sei disso melhor do que ninguém. Até que minhas profecias se concretizem, parece que meus poderes não servem para nada. Isso me fez querer encontrar a Garota Mágica do Tempo ainda mais. Ela já é fantástica por si só, mas, para mim, é a única que pode me completar.

A clarividência não tem poder em si, então achei que se aparecesse alguém com a habilidade de controlar o tempo que pudesse cumprir minhas profecias, nós duas seríamos companheiras e faríamos coisas incríveis juntas. Também foi por isso que tomei para mim a responsabilidade de encontrar essa pessoa.

E foi aí que te encontrei.

Quanto mais leio, mais confusa fico. Talvez Ah Roa esteja querendo dizer que ficou feliz por ter me encontrado, mas, quanto mais detalhada é a explicação do quanto ela esperou pela Garota Mágica do Tempo, mais desolada fico por não ser eu.

Talvez eu tenha sido muito arrogante. Como falei, nunca tinha errado uma previsão.

De novo, o mais importante de tudo é que a pessoa que encontrei foi você. O poder da clarividência, que não falha nunca; o desejo de encontrar a Garota Mágica do Tempo, destinada a salvar o mundo; a esperança de que ela complemente meus poderes, que às vezes parecem tão insignificantes; tudo isso me levou a pensar em você. E só em você.

Por isso... por mais chateada que eu possa ter parecido ontem, não acho que ter te encontrado foi um erro. Não me arrependo disso nem por um segundo.

Mas acho que te devo um pedido de desculpas.

Você deve ter ficado muito confusa. E deve ter me odiado. Eu entendo, se for o caso. Se eu estivesse no seu lugar, com certeza teria odiado a Garota Mágica da Clarividência.

Odiar Ah Roa? Impossível! Depois do que aconteceu, realmente senti uma raiva me subir pela garganta, mas não foi direcionado a ela nem a qualquer outra pessoa. Foi direcionado a mim mesma.

Eu finalmente tinha achado que me tornaria útil. Achei que tinha me transformado em alguém insubstituível; alguém importante e única, essencial. Não tive nenhuma dúvida de que eu fosse a Garota Mágica do Tempo.

Fui eu quem estragou tudo, não Ah Roa.

Talvez minha má sorte seja tão poderosa que fez até a profecia certeira de Ah Roa ir pelo ralo.

Mas, pelo visto, ela conseguiu prever que eu fosse me sentir dessa maneira.

Por favor, não se sinta culpada. O erro de ter interpretado mal a profecia foi inteiramente meu.

Com certeza há um motivo para meu espelho ter mostrado sua imagem; a prova disso é o fato de você apresentar algum tipo de poder. Só de seu instrumento de magia ter sido criado e reagido ao chamado da transformação já mostra que você é, sim, uma Garota Mágica. Ter apontado você como a Garota Mágica do Tempo talvez tenha sido um erro meu, mas de acordo com o Espelho de Ah Roa, existe uma razão para nós duas termos nos conhecido. Eu jamais duvidaria disso. Meus poderes de clarividente me tornaram uma grande fatalista, então sei que a nossa ligação é forte demais para ser ignorada. Torço para que você também acredite nisso.

Agora que o despertar da Garota Mágica do Tempo foi revelado, a nossa prioridade é entrar em contato com ela. Precisamos encontrá-la com a maior urgência e obter a ajuda dela. Por isso, peço desculpas se eu demorar a te procurar.

Mas, de todas as Garotas Mágicas que já conheci, a mais importante de todas sempre será você. Não importa a minha convicção de longa data na Garota Mágica do Tempo. Só consigo pensar que nosso encontro foi um daqueles acontecimentos imprevisíveis e inesperados da vida.

Será que você consegue entender o nível de ansiedade de uma clarividente quando o imprevisível acontece? A questão é que, de certa forma... gosto dessa sensação. Não sei por quê, mas ela me faz bem.

Comecei a escrever esta carta com a intenção de me desculpar, então por que acabei abrindo meu coração?

Vou aí te visitar quando terminar meu trabalho, está bem? Prometa que vai me deixar entrar, por favor.

Ah Roa

A caligrafia dela é bem pequena e redondinha, mas muito difícil de ler, com as vogais todas muito parecidas e as consoantes finais impossíveis de distinguir. Leio e releio as palavras de Ah Roa escritas naquela caligrafia horrorosa no papel de carta branco tão elegante. Depois de chorar um pouquinho, volto à mesma posição em que passei os últimos dois dias: deitada, com o olhar vazio fixo no teto.

Deixo a carta de Ah Roa largada ao lado do travesseiro.

A Garota Mágica da Clarividência e eu

A semana parece passar num piscar de olhos. Será que foi por causa do despertar da Garota Mágica do Tempo? Durante esse período, adquiri o hábito de associar tudo que acontece a ela. O macarrão instantâneo que não terminou de cozinhar no tempo certo e continua crocante quando mastigo; o permanente que fiz no cabelo ano passado, caro pra diabo, que de repente começa a sair; a sensação de que o tempo está passando mais rápido do que o esperado, mesmo que eu ainda não tenha conseguido me encontrar com Ah Roa — tudo me parece ser obra de alguma Garota Mágica manipulando o tempo. Sei que ninguém tão extraordinária assim iria perder o próprio tempo tentando manipular o meu, seja para me ajudar ou me atormentar, mas esse mesmo tipo de pensamento se repete sempre que me dou conta de como o tempo está passando rápido.

Fico pensando se não comecei a odiá-la... Alguém que nunca nem vi, que nunca tentou me fazer mal...

Alguém que nem sabe da minha existência, para começo de conversa.

Já faz uns dois dias desde que finalmente reuni forças para voltar a procurar um emprego temporário. Segundo Ah Roa, o fato de eu não ser a Garota Mágica do Tempo não quer dizer que não sou uma Garota Mágica; mas o fato de não ser a Garota Mágica do Tempo significa que não há mais pressa em despertar meus poderes, e que não existe mais a garantia de que eu me tornarei uma Garota Mágica de destaque. Sendo assim, tenho que pensar numa forma de viver como uma pessoa normal, na medida do possível. Tipo como pagar a porcaria dos juros do rotativo e algum dia refazer o permanente no cabelo.

Fiquei um pouco receosa com os possíveis custos do transporte, então comecei a procurar por vagas de emprego nos arredores da minha casa. Restaurantes, lojas de conveniência, lan-houses, cafeterias, salas de bilhar, escritórios, lojas de roupas e de acessórios (por que nenhuma joalheria ou casa de penhores anda contratando? Eu me daria bem numa vaga dessas!), mas logo fui expandindo meu raio de busca para uma distância de até uma hora de caminhada, depois mudei para vinte ou trinta minutos de ônibus, e foi só quando cheguei perto da província de Gyeonggi que recobrei o juízo.

Procurei vagas em diversas lojas, mas não me encaixava em metade delas. "Procura-se funcionários com experiência."

"Preferência por moradores da região." "Nível de escolaridade: ensino superior ou acima." "Entre vinte e vinte e quatro anos." Eu estremecia cada vez que me deparava com uma dessas vagas, me sentindo rejeitada antes mesmo de voltar para a página anterior no navegador de internet. Além disso, o que são bares de entretenimento adulto e de acompanhantes, onde choviam vagas? Os horários são flexíveis e oferecem um salário decente até para quem é iniciante, e considerei seriamente um deles, que ficava a uma curta distância a pé da minha casa. Nesse momento, olhei para cima e avistei o cartão de visita de Ah Roa preso à geladeira, o que me fez fechar a página depressa. (Senti vergonha mesmo sem nem saber direito que tipo de trabalho era aquele.) Pensei ter escutado meu avô estalar a língua em algum lugar, e as palavras que ele sempre me dizia quando me dava uma bronca ecoaram em meus ouvidos: "Seu avô deve estar morrendo de orgulho da neta, hein."

Recebi o contato de uma loja de conveniência a quinze minutos e de um cibercafé a vinte minutos de casa. O cibercafé queria saber se tenho plano de saúde e não me respondeu mais quando respondi que não. Já a loja de conveniência informou que, diferente do que dizia na descrição da vaga, o único turno disponível era o da noite aos fins de semana e pediu que eu fosse até lá fazer uma entrevista, caso estivesse de acordo com o horário. À noite aos finais de semana... Bem, pelo menos a loja fica numa área residencial, então não vejo problema. Pelo menos, não fica próxima a nenhuma universidade nem em algum bairro de vida noturna agitada. E, se por acaso o cibercafé entrar em contato, quem sabe não consigo trabalhar tanto de segunda a sexta quanto aos fins de semana...

Faço o maior esforço para passar uma imagem profissional durante a entrevista, mas a única coisa que me perguntam é quando posso começar. Digo que posso começar já no próximo fim de semana; a gerente então me dá uma breve explicação dos documentos necessários para a contratação e começa a despejar uma história longuíssima de como não queria contratar ninguém para cobrir os fins de semana, mas que precisava cuidar do pai doente e por isso teve que abrir a vaga.

— É um trabalho mais difícil do que aparenta, porque precisa carregar caixas, e é por isso que eu costumo contratar homens. Mas você parece forte para uma moça, então não custa tentar.

— Meu avô ficou doente durante um bom tempo, então entendo...

Depois que falo isso, a gerente não para mais de falar do pai.

— Viu só? Eu sabia que você era uma moça forte e boazinha — insiste ela, tanto que fica impossível para mim recusar.

Já está escuro quando saio da loja de conveniência, apesar de ter entrado lá no fim da tarde e de só me terem feito uma única pergunta!

Na volta, fico pensando no que significa ser uma "moça boazinha". É ser incapaz de dizer não? Posso até ser incapaz de dizer não, mas isso não quer dizer que só penso coisas boas. Realmente me lembrei do meu avô naquela hora, mas ouvir sobre a doença do pai dela não me deixou triste. A gente acabou de se conhecer, afinal.

A meio caminho de casa, sinto um pingo frio de chuva acertar o topo da minha cabeça. Depois, minha bochecha e meu ombro. Um toró daqueles. Porcaria... Se eu tivesse cortado o blá-blá-blá da gerente e saído antes, já estaria em casa a esta hora. Nem ficaria sabendo que choveu de noite.

Enquanto avalio se é melhor continuar andando ou sair correndo, levanto um dos braços para cobrir a cabeça, mas não sinto as gotas me atingirem. Antes que eu perceba, me vejo debaixo de um guarda-chuva enorme.

— Sentiu minha falta?

Ninguém além da Garota Mágica da Clarividência conseguiria fazer uma coisa dessas, brotar do nada sem perguntar onde eu estava e me proteger de uma chuva que não apareceu em nenhuma previsão do tempo. Por outro lado, acho que esse tipo de pergunta também não é do feitio de uma clarividente.

— É claro — respondo ao me virar para fitar Ah Roa.

"E você, sentiu minha falta?", quero perguntar. Mas não faço isso, pois sinto que, se fizer isso, não vou conseguir segurar as lágrimas.

Ah Roa, como sempre, segura minha mão com a maior naturalidade.

— Como tem passado?

— Você não deveria saber disso sem eu precisar te contar?

Ela solta um risinho fraco.

— Meu poder é clarividência, não consigo ler mentes nem ver a aura dos objetos. Não tenho como saber de tudo no mundo. Só consigo obter fragmentos de informações do objeto em que estou concentrada.

Ouvir Ah Roa dizer isso, considerando o orgulho que ela sempre mostrou de suas habilidades, faz com que eu me sinta mal, mesmo que seja verdade.

— Quer dizer que você não andou concentrada em mim esse tempo todo...

O rosto dela fica triste com a minha brincadeira.

— Na verdade, pensei em você, sim, e muito. Mal consegui fazer previsões de tão distraída que fiquei.

— Sinto muito.

— Como assim? Pelo quê?

— Por ter te distraído.

Ela relaxa as sobrancelhas franzidas e cai na risada de repente.

— Por que você pediria desculpas por uma coisa dessas?

— Sei lá...

Meu nervosismo me faz falar sem pensar, e fico ainda mais nervosa porque não estava esperando que Ah Roa fosse rir de mim.

— Não conseguiu prever isso?

À minha pergunta, Ah Roa assente devagar, com um sorriso no rosto. Meio encabulada, mantenho o olhar fixo no chão e começo a andar em silêncio. O som da chuva forte batendo no enorme guarda-chuva branco de Ah Roa e dos nossos pés pisando nas poças d'água criam uma cacofonia interessante.

— Durante esse tempo...

— Conseguiu encontrar...

Ah, fala sério... Achei que esse tipo de situação só acontecia nas novelas e em histórias em quadrinhos. Quando enfim consigo consegui pensar numa pergunta, aliviada por conseguir botá-la para fora, Ah Roa parece ter tido a mesma ideia. Nossos olhares se encontram, feito os sabres de esgrimistas que se chocam e recuam, e nós duas abrimos e fechamos a boca ao mesmo tempo.

Bem, é compreensível que eu cometa um erro desses, mas ela?

Fico pensando se Ah Roa não fez isso de propósito para me interromper; nesse caso, é melhor que minha pergunta vá para o limbo mesmo. Só quero saber é se a Garota Mágica do Tempo conseguiu entrar em contato com o Sindicato... Talvez esse seja o jeito educado que Ah Roa encontrou para me lembrar de que é inadequado para alguém como eu — que não tem nada a ver com a questão — fazer perguntas a respeito de um assunto tão importante.

— Já sei o que você vai perguntar. Mais tarde eu explico.

Como esperado...

— Pode falar primeiro — retruco.

— Hoje, vim tratar de um assunto mais importante.

De repente, sinto meu coração acelerar. A esta altura do campeonato, existe alguma coisa mais importante no mundo do que a Garota Mágica do Tempo? Será que o fato de Ah Roa ter me procurado quer dizer que o assunto tem alguma coisa a ver comigo?

Errar uma vez é humano; repetir o erro é burrice, penso. Ainda assim, fico pensando se eu ainda não poderia ser — ou, quem sabe de fato seja — tão ou mais importante do que a Garota Mágica do Tempo. Meu coração se enche de alegria.

— Andei pensando muito... Em por que o espelho me mostrou sua imagem tão nitidamente.

Balanço a cabeça, torcendo para que Ah Roa não escute o som que faz quando engulo em seco.

— Não é que eu conheça todas as funcionalidades do espelho; ele não veio com manual de instruções. Mas ele reage à minha imaginação, como os outros instrumentos de magia das outras Garotas Mágicas.

Ela para de andar de repente e me encara com uma intensidade assustadora.

— Lembra do que eu disse antes? Que iria te proteger?

Quando foi isso? Ah, no aeroporto... Faço que sim com a cabeça, e Ah Roa segura minha mão.

— É por isso.

— Pelo quê?

— Porque prometi proteger você.

Hein?! Quando a observo com os olhos semicerrados, ela começa a balançar nossas mãos unidas de um lado para o outro.

— Você era a única que eu precisava proteger. Não por ser a Garota Mágica mais importante do mundo, mas a garota mais importante do mundo... para mim.

Espera aí, parou de chover?, penso. *Por que não estou encharcada, se Ah Roa não está mais com o guarda-chuva na mão?* Levanto o olhar para o céu; ainda chove, mas continuamos protegidas pelo guarda-chuva, que flutua acima de nós.

— Você... é o meu destino!

A voz de Ah Roa, mais confiante do que nunca, parece vir de algum lugar distante.

É constrangedor até para uma Garota Mágica

Minha confusão deve estar transparecendo, pois Ah Roa solta minha mão.

— Não espero que as coisas mudem de uma hora para outra nem nada do tipo. Desculpa se te deixei desconfortável quando falei em "destino".

— Hum...

Não é nada disso!, sinto vontade de responder. Só estou tão confusa que nem sei mais o que quero dizer.

— Bem, continuo sendo a Garota Mágica da Clarividência. Se eu achasse que não daria certo, nem teria falado nada.

Deixando de lado o que ela realmente disse, seu tom de voz e sua expressão firmes e confiantes me fazem pensar... que, de certa forma, vai dar tudo certo. Gosto dela também, apesar de não ter tanta certeza assim. Talvez não seja da mesma forma que Ah Roa gosta de mim, mas quero que ela permaneça ao meu lado. Vai saber por que ela foi gostar logo de alguém que nem eu, mas, enfim, se ela se sente assim...

— Obrigada.

Ah Roa cerra os punhos e responde:

— Espere só para ver! Daqui a pouco você vai dizer que gosta de mim também!

Se a Garota Mágica da Clarividência está dizendo, então eu acredito, penso enquanto pego a mão dela. O guarda-chuva flutuante desce até encaixar na mão livre de Ah Roa. É só quando já caminhamos um bocado que me dou conta: esta é a primeira vez que eu tomo a iniciativa de segurar a mão dela.

— Então, quem é a verdadeira Garota Mágica do Tempo?

Em vez de perguntar se Ah Roa conseguiu entrar em contato com ela, recalculo a rota e penso que assim seria mais fácil obter uma resposta. Ah Roa crava o olhar em mim por um instante e então sorri como se tivesse pescado minha intenção.

— Alguém que eu teria muito medo de não ter do nosso lado.

Ahá! Então as duas se conheceram. Provavelmente, ela é mais nova do que eu... e deve ter um poder impressionante, para ter despertado sem precisar de um instrumento de magia.

— Do nosso lado?

— Espero que sim — completa Ah Roa com uma resposta inesperada.

— Quer dizer que ela pode não estar?

— Até o momento, não tomou nenhuma decisão. Mas, considerando que ela se recusou a entrar para o Sindicato e demonstrou certas tendências, pode ser que...

Ah Roa parece se perder nos próprios pensamentos. Depois de uma pausa, escolhe mudar a abordagem.

— É preciso que algum incidente, que chamamos de "gatilho", ocorra para que as Garotas Mágicas despertem seus poderes naturalmente. Por exemplo, uma criança do interior que é a única aluna da sua turma pode se tornar a Garota Mágica da Criação, porque queria muito "fazer um amigo"; ou uma criança que perdeu os pais num acidente e não para de pensar em como gostaria de ter previsto o que aconteceu pode se tornar a Garota Mágica da Clarividência... É assim que funciona.

Será que ela está contando a própria história?, penso, enquanto aperto a mão de Ah Roa com um pouco mais de força. Se essa for a história de vida dela, então somos mais parecidas do que eu pensava. Talvez eu até acabe acreditando que estamos mesmo destinadas a ficar juntas.

— Como foi que a Garota Mágica do Tempo despertou?

— Quando é que alguém costuma desejar que o tempo pare? — pergunta Ah Roa de volta imediatamente.

— Hum... Quando está muito feliz?

Ela para de andar e olha para mim com uma sobrancelha erguida, como se estivesse confusa.

— O quê?

— Bem... Quando alguém está sofrendo ou passando por uma situação terrível, pode até desejar que o tempo pare, mas assim que o tempo voltar a correr, o sofrimento vai continuar. Acho que numa situação dessas, seria melhor voltar no tempo e criar a oportunidade de fazer uma escolha diferente, certo? Digo, para alguém com a habilidade de controlar o tempo. Em momentos felizes, creio que o desejo seria pausar o tempo várias vezes ou fazê-lo correr mais devagar.

Ah Roa parece ter se perdido em pensamentos outra vez, até que volta a andar, de cabeça baixa, e comenta:

— A Garota Mágica do Tempo fez justamente o contrário.

Então é por isso que ela me olhou de um jeito tão estranho agora há pouco. Minha lógica foi completamente oposta à da Garota Mágica do Tempo. Bem, agora que não tenho mais nada a ver com o assunto, não me incomodo mais com o olhar de Ah Roa em mim. (Bem, para ser sincera, se eu não me importasse de verdade, esse pensamento nem sequer teria passado pela minha cabeça.)

— Num momento de extremo desespero, quando ela implorou para que o tempo simplesmente parasse... foi aí que seus poderes despertaram. O tempo parou de verdade.

Então é isso que chamam de "gatilho"... um momento de desespero ou aflição que leva os poderes de uma Garota Mágica a despertarem. Fico com medo de ter despertado memórias desconfortáveis para Ah Roa, mas ela continua, escolhendo as palavras com cuidado:

— A Garota Mágica do Tempo... escapou dessa situação desesperadora e na mesma hora percebeu que tipo de habilidade lhe foi dada. É raro que uma Garota Mágica consiga controlar os próprios poderes naquele nível logo após despertar...

Como um animal recém-nascido que é capaz de se equilibrar nas quatro patas e correr para sobreviver. Ainda bem que essa outra garota tenha se tornado a Garota Mágica do Tempo em vez de mim... Ou talvez não; teria sido preferível a Garota Mágica do Tempo ser menos competente, mas estar do nosso lado, a ser extremamente competente e não estar.

— Ela congelou somente o tempo do seu agressor e o arrastou até a cozinha. Não foi fácil, considerando a diferença de tamanho.

— Cozinha? Então isso aconteceu dentro de casa?

Ah Roa faz que sim com a cabeça.

— Daí ela encheu a maior panela da casa com água e pôs para ferver... É capaz de ter acelerado o tempo de fervura. Depois enfiou o rosto do agressor na água e fez o tempo voltar a correr.

Por um minuto, ambas ficamos sem palavras.

— E ela te contou tudo isso?

— Isso foi o que eu "vi". O momento em que ela despertou.

Penso em Ah Roa desabando na quadra de esportes, com o rosto enterrado nas mãos. Mesmo sem ter passado pela situação, deve ter sido um grande choque simplesmente ter testemunhado. Eu me arrependo de ter sentido qualquer ressentimento por ela ter ido embora de repente naquela hora.

— Foi horrível ver aquilo, mas foi por eu ter visto que consegui entender. Por que ela precisava se tornar a Garota Mágica do Tempo... e por que se recusou a unir forças com o Sindicato. — Ah Roa dá um sorriso tímido. — Num mundo igual ao nosso, querer que toda Garota Mágica seja do bem é mais irreal do que acreditar em contos de fadas. Quando entendi isso... Bem, não foi fácil.

É verdade.

As Garotas Mágicas do mundo real não são todas do bem — nem existe necessidade disso. Não é como nas histórias em quadrinhos; em vez de espalhar amor e esperança e realizar boas ações enquanto batalham contra seres de outro planeta ou de alguma dimensão mágica, a vida delas não é muito diferente do que a das pessoas comuns, que muitas vezes sofrem física e mentalmente só para sobreviver. O fato de a magia não poder ser explicada pela ciência não é muito diferente do que ocorre nas histórias em quadrinhos, mas, infelizmente, nem tudo é como na ficção. No mundo real, quando uma Garota Mágica luta contra alguém, essa pessoa vai acabar ferida, machucada, sangrando. Essa pessoa é um ser humano, assim como a Garota Mágica. Só que elas não têm opção além de lutar. Como aconteceu no despertar dos poderes da Garota Mágica do Tempo, a primeira luta de uma Garota Mágica é uma batalha pela própria vida.

Se esse for o caso, porém, o que acontece quando uma Garota Mágica precisa lutar contra outra? Não paro de pensar no que Ah Roa falou sobre a Garota Mágica do Tempo — que seria assustador se ela não estivesse do nosso lado.

— Quando nos conhecemos, você me perguntou se é possível para quem não é mais tão jovem se tornar uma Garota Mágica, lembra? — pergunta Ah Roa de repente.

Hã? Agora fui eu quem ficou perdida nos próprios pensamentos, e acabo concordando na pressa. Ah Roa solta um longo suspiro.

— É meio besta, mas a minha teoria é a seguinte. Como posso explicar? É como se o mundo estivesse tentando encontrar um equilíbrio entre poderes.

— Equilíbrio?

— Quando uma Garota Mágica surge é porque ela é a pessoa que mais precisa daquele poder. Em outras palavras, logo antes de despertar, a Garota Mágica é a criatura mais vulnerável do mundo.

Quando me dou conta, estamos na frente da minha casa. Sinto vontade de convidar Ah Roa para tomar um chá (deixando de lado o fato de eu não ter nenhum chá para oferecer), mas é estranho convidá-la para entrar logo depois de ela ter se declarado.

— Então, para mim, os poderes mágicos necessários no momento são atribuídos a garotas mais jovens porque elas são as pessoas mais vulneráveis do planeta. É o que acho.

Ah Roa dá as costas para mim e sai andando, depois de despejar essas palavras no meu colo. Aceno durante todo o tempo enquanto assisto à figura dela ir diminuindo até virar a esquina. Ela promete me proteger, depois vai embora sem nem olhar para trás? Entro em casa fazendo um bico enorme e fico imaginando se Ah Roa se sentiu constrangida, considerando que sempre vinha de táxi, mas que dessa vez veio me acompanhar com um guarda-chuva na mão.

De repente, sinto vontade de me tornar a Garota Mágica do Clima.

"Desejo que não chova no caminho de Ah Roa para casa." Junto as mãos e fecho os olhos, repetindo o desejo com fervor, mas continuo ouvindo o som da chuva batendo contra a janela. Se ao menos eu pudesse me tornar a Garota Mágica do Clima, mesmo que não fosse a Garota Mágica do Tempo, ainda seria de grande ajuda para Ah Roa e o Sindicato. Contudo, por mais que eu deseje isso com tanta força que meus neurônios começam a fritar, ainda não parece forte o suficiente. Talvez as habilidades de Garota Mágica do Clima sejam mais adequadas a alguma menininha torcendo para que não chova num dia de piquenique.

Mas, então, que tipo de Garota Mágica vou me tornar?

O mais provável é que eu me torne uma Garota Mágica com um poder absurdamente inútil. É nisso que estou pensando quando tiro do bolso o instrumento de magia no formato de cartão de crédito, que eu nem lembrava de ter trazido.

Logo Ah Roa também vai perceber que alguém tão extraordinária quanto ela não combina com alguém como eu.

Pensar nisso faz meu coração doer.

A Garota Mágica com uma rosa

Observando de longe, até daria para chamar de "equilíbrio". Enquanto incêndios florestais destroem um continente, inundações arrasam outro. Ao mesmo tempo que uma parte do planeta se torna extremamente quente e seca, outra parte fica tão encharcada e frágil quanto um pedaço de papel debaixo de uma tempestade. Ondas de frio, ondas de calor, aumento do nível dos oceanos, tornados... fenômenos que ocorrem em todos os cantos deste imenso globo. Se combinados, determinam a temperatura e umidade médias do nosso planeta. (Será que isso faz sentido?)

Um observador que visse tudo isso de longe provavelmente nunca imaginaria que cada canto do mundo é habitado por um grande número de seres vivos. A cada incêndio florestal, inúmeras plantas e animais são dizimados. Sempre que um tornado ou um tsunami causa inundações, muitas pessoas perdem suas casas e até, na pior das hipóteses, a vida.

Fenômenos como esses já acontecem há muito tempo, e não necessariamente são causados por catástrofes climáticas. Nosso planeta é feito de água, gira em torno de um eixo levemente inclinado e orbita uma enorme esfera de luz e calor — que possibilita que esses fenômenos ocorram. Pelas mesmas razões, foi possível que a vida existisse, mas quem nasceu nessas condições precisou lutar para se proteger e sobreviver enquanto coexistia com um inimigo grande demais. Um inimigo bem conhecido... chamado "clima".

Por isso, a crueldade do clima não passa de sua própria natureza. Esperar misericórdia de um fenômeno é de uma ingenuidade só. No entanto, existe uma razão para esses fenômenos — que nunca foram gentis, para começo de conversa — agora estarem sendo chamados de "catástrofes". Por termos coexistido com o clima durante dezenas de milhares de anos, achamos que tínhamos entendido sua natureza até certo ponto, só que agora chegamos a um nível insustentável, em que a natureza se tornou muito mais violenta e imprevisível. O calor e o frio se intensificaram; tufões que atingiam a Coreia do Sul uma ou duas vezes por ano agora ocorrem ao longo de todo o verão; o derretimento das calotas polares está inundando locais onde antes havia terra firme... O pior e mais assustador de tudo é que essas mudanças só tendem a ficar maiores — e cada vez mais rápidas — daqui para a frente.

O mesmo acontece quando chupamos uma bala, que derrete mais rápido na boca conforme vai ficando menor.

A chuva que caía no dia em que reencontrei Ah Roa só parou quatro dias depois.

A água começou a se acumular na rua e a invadir meu apartamento semissubterrâneo. Toda vez que alguém abria o portão do prédio, uma enxurrada descia pelas escadas e começava a vazar pela fresta da porta. Durante todo o tempo em que tentava secar tudo, eu pensava: *Se a chuva não parar, daqui a pouco o corredor vai ficar cheio de água e logo minha casa vai ficar submersa.*

Assim que pendurei o pano no encosto de uma cadeira, me virei e dei de cara com uma manchinha escura no meio da parede. Inclinei o corpo para ver se era o início de um mofo se formando ou restos de um inseto que matei em algum momento, mas acabei com a testa encostada num ponto acima na parede, enxugando as lágrimas.

Como é que eu vou sair para trabalhar à noite?

De repente, passei a respeitar mais meus vizinhos. Só o fato de ter alguém abrindo e fechando o portão do prédio, apesar da chuva forte lá fora, quer dizer que as pessoas nos andares acima continuavam seguindo a vida normalmente. Saíam para o trabalho, voltavam para casa, compravam o que era preciso nas lojas... Não tinham parado de fazer nada disso. E eu também precisava fazer o mesmo. Se quisesse ser uma pessoa comum, tinha que me esforçar como uma. É um pouco injusto e ridículo que esse esforço precisasse coincidir com meu primeiro dia de trabalho num dia de chuvarada...

Levando em conta o clima, até que saio de casa cedo. Apesar de não existirem restrições específicas de vestuário, já que eu precisaria usar o colete do uniforme por cima da roupa de qualquer forma, a gerente pediu que eu usasse calça comprida e sapatos fechados. Só que não posso atravessar a água que bate na altura do tornozelo para chegar à loja de conveniência do outro lado da rua usando essas roupas. Assim, decido levá-las na bolsa e ir de sandálias. A sensação dos calçados escorregando entre meus dedos e jogando água para cima é a mesma de remar em uma canoa, e as poças que se formam entre as tiras da sandália fazem cócegas em meus pés e só aumentam o desconforto.

É claro que a loja está funcionando normalmente.

— Nossa! Fiquei preocupada, achando que você não viria!

Quando olho as horas, reparo que faltam três minutos para o início do meu turno. Coloco a calça, os sapatos fechados e o colete do uniforme na maior pressa, mas mesmo assim, quando chego em frente ao caixa, a gerente já está pronta para me dar um esporro. *Por mais que seu salário seja pago por hora, não fique achando que pode começar o trabalho às oito horas em ponto. Se precisar trocar de roupa, que nem aconteceu hoje, chegue mais cedo. Além do mais, como hoje é seu primeiro dia, tem muito o que aprender além do trabalho em si, e como é que eu posso te ensinar se vai chegar no horário cravado?* Entendo que chegar mais cedo seria o ideal, mas me sinto acuada, quando mal cheguei para trabalhar. Já estou exausta.

A gerente me explica com o máximo de detalhes o que preciso fazer, a que horas e no que preciso prestar mais atenção. Laticínios e sorvetes são entregues cerca de uma hora após o início do expediente; à meia-noite, o dinheiro das vendas do dia precisa ser guardado no cofre; não importa o que esteja fazendo, se chegar algum cliente, a prioridade é o atendimento no caixa; às duas horas da madrugada, os *kimbaps* e sanduíches são entregues, e é necessário receber, cadastrar no sistema e dispor os produtos nas prateleiras; a política é "chegou primeiro, sai primeiro", ou seja, os produtos perto do vencimento devem ser vendidos primeiro, então os recém-chegados do dia vão para o fundo da prateleira; o ideal é que produtos vencidos sejam descartados, mas, se eu quiser pegar, ela está disposta a fazer vista grossa; tipo *kimbap* triangular uma ou duas horas além da validade já não podem ser vendidos, mas não vão fazer mal se consumidos; caso não me sinta à vontade, posso jogar fora, mas também posso comer se quiser; muitos gerentes têm dó de desperdiçá-los e os guardam embrulhados no fundo da geladeira para consumo próprio; poucos são generosos com os funcionários como ela. Falando em geladeira, as outras reposições são feitas durante o dia, mas vou cuidar das bebidas; por exemplo, se lá pelas seis da manhã eu perceber que temos poucos refrigerantes ou sucos, posso colocar mais.

Aham, ah, tá, entendi, tá certo, perfeito!

Por último, ela me explica como fazer para usar o banheiro. Virando à esquerda e subindo as escadas você vai encontrar o banheiro, que é dividido com o karaokê no mesmo edifício, mas ele costuma ficar trancado; a chave fica aqui. Tem papel higiênico, mas não tem pia; para lavar as mãos, tem que ir até a sala dos funcionários... Bem, não dá para segurar quando a natureza chama, mas a gerente deu a entender que o melhor horário para usar o banheiro é entre as duas e três horas da madrugada, quando o fluxo de clientes é menor.

Seria de imaginar que os guarda-chuvas venderiam bem, mas nenhum cliente chega pedindo um. Por outro lado, em épocas assim, em que chove sem parar, as pessoas já saem de casa com um guarda-chuva nas mãos e, a menos que o seu quebrasse de repente na porta de casa, não haveria motivo para ir até uma loja de conveniência comprar outro. Enfim, pensei que não haveria muita gente fora de casa numa noite chuvosa dessas, mas, para minha surpresa, os clientes não param de chegar.

Por volta das duas da manhã, a gerente começa a cochilar. Pelo que me lembro, ela me disse para aproveitar o baixo número de clientes e ir ao banheiro por volta desse horário. Ela não tinha falado nada a respeito de um cochilo, mas quem sabe eu também não poderia seguir o exemplo dela e fazer um descanso? É aí que reparo na tela do celular na mão dela; um vídeo do YouTube sobre o clima anormal dos últimos dias segue rodando pelo mudo. Pelo que consigo captar das legendas, nem os especialistas estão conseguindo explicar a chuva infinita. É tudo consequência da catástrofe climática que já estamos vivendo. Tudo por causa da mudança na temperatura média do planeta e do aumento do nível dos oceanos, do derretimento das calotas polares. Mas será mesmo...?

Não discordo, só tenho outra suspeita. Será que existe alguma relação entre o clima e a Garota Mágica do Tempo? Por despeito, eu talvez tivesse acreditado durante um tempo que as micromudanças ao meu redor eram obra dela, mas esse clima tão louco realmente parece coisa dessa garota.

O vídeo no celular da gerente chega ao fim, e o próximo vídeo na lista de reprodução automática criada pelo algoritmo me parece um pouco estranho. Mostra somente uma mulher comum — tão comum que acho difícil adivinhar sua idade —, segurando uma única rosa e falando enquanto olha diretamente para a câmera. Apesar de ter só pouco mais de dois minutos de duração, o vídeo conta com um número bastante alto de visualizações. Por que será?

O que esse vídeo tem a ver com o clima anormal dos últimos dias que justifique estar na lista de vídeos relacionados?

Esse questionamento me deixa com a pulga atrás da orelha na mesma hora. Tento tocar o ombro da gerente para pedir que ligue o som do vídeo, e ela acorda num pulo.

— Opa, devo ter cochilado um pouquinho... — Sem jeito, ela se apressa para limpar a saliva que nem tinha escorrido da boca. — Volto de manhã para repassarmos a limpeza da loja e outras tarefas menores, está bem? Me ligue se tiver alguma dúvida.

Ela tira o colete do uniforme e vai correndo até a sala dos funcionários; segundos depois, está de volta com a bolsa nas mãos e sai da loja sem nem se despedir. Fico processando por um tempo a saída repentina da gerente, até que me lembro do vídeo de antes. Que tipo de pesquisa eu devo fazer para encontrá-lo? Assim que abro o aplicativo no celular, descubro que nem precisava ter esquentado a cabeça: um dos assuntos em alta nas pesquisas já é "Garota Mágica do Tempo".

Não tenho dificuldades para encontrar o vídeo e, desta vez, o assisto com som.

— *Oi, meu nome é Lee Mirae.*

Pelo rosto, ela passa a impressão de ter entre dezessete e vinte e cinco anos, mas a voz é muito jovem. O contraste entre o tom de voz jovial e o jeito calmo e maduro de falar cria uma estranha desarmonia. *Será que o nome dela é mesmo Mirae?*, me pego pensando. *Essa é a palavra em coreano para "futuro"... Realmente, ela nasceu para ser a Garota Mágica do Tempo.*

— *Sou uma sobrevivente de violência doméstica. Essa não é a forma como quero ser definida, mas, no momento, é assim que me apresento.*

Será que é por isso que ela está segurando aquela rosa? Trago o celular para mais perto do rosto, enquanto Lee Mirae continua a falar em seu tom de voz calmo:

— *Além disso, faz pouco tempo que adquiri um poder inexplicável por uma razão que desconheço. Para colocar em palavras mais familiares, acabei de me tornar uma Garota*

Mágica. Mais especificamente, de acordo com o Sindicato Nacional das Garotas Mágicas, uma entidade que representa a classe na Coreia do Sul, adquiri a habilidade de controlar o tempo.

Será que é este o motivo para o número de visualizações ser tão alto? Trata-se de vídeo em que uma Garota Mágica poderosa revela a própria existência?

— *O Sindicato das Garotas Mágicas propôs que eu, sendo uma Garota Mágica recém-despertada, ajudasse a evitar a destruição da Terra devido às mudanças climáticas. Aparentemente, isso é algo que só a Garota Mágica do Tempo pode fazer. Embora eu agradeça pelo reconhecimento das minhas habilidades como Garota Mágica recém-despertada, devo admitir que é difícil para mim abraçar essa causa. Estou gravando este vídeo pois desejo passar a mesma mensagem aos cidadãos deste país e de todo o mundo, para além de qualquer fronteira.*

As palavras ditas por Ah Roa ecoam em meus ouvidos. A Garota Mágica do Tempo é alguém que daria muito medo se não estivesse do nosso lado...

— *Acredito que a existência da humanidade na Terra seja desnecessária.*

Lee Mirae para por um instante antes de continuar.

— *No início, essa ideia me veio por conta de uma dor pessoal. Contudo, acredito que minha opinião esteja correta também em larga escala. O histórico da humanidade é de sofrimento. Os seres humanos ferem uns aos outros e também ao planeta; é de um enorme significado que esse poder esteja nas mãos de alguém com uma crença como a minha. Dito isso, pretendo utilizar meus poderes para trazer a destruição da humanidade o mais rápido possível. Por eu ser uma Garota Mágica, você que está assistindo pode questionar se uma coisa dessas é possível e até duvidar de que eu seja mesmo a Garota Mágica do Tempo. Na dúvida, recomendo reassistir a este vídeo desde o início.*

Mas que porcaria isso quer dizer? Por mais que eu saiba que Lee Mirae não está mentindo, volto o vídeo até o início e assisto tudo de novo, avançando de cinco em cinco segundos. Exatamente o mesmo conteúdo se repete. Ao chegar no momento do vídeo em que tinha pausado e voltado, Lee Mirae continua:

— *Se você entende o tipo de poder que tenho nas mãos, também vai entender que é impossível me impedir de executar esse plano. Torço para que a humanidade se dê conta de toda a sua estupidez e se prepare para viver seus últimos dias. A partir de agora, vou acelerar os desastres climáticos. Agradeço ao Sindicato Nacional das Garotas Mágicas por me dar essa ideia.*

Ao final do vídeo curto, que ela parece ter gravado com o próprio celular, Lee Mirae solta a rosa que tem nas mãos. Só então consigo entender o que ela quis dizer ao sugerir que a gente reassistisse ao vídeo desde o início. Não tinha percebido, de tão concentrada que estava em suas palavras e nas expressões em seu rosto, mas enfim me dou conta: a rosa, linda e desabrochada no começo do vídeo, foi murchando durante o discurso de dois minutos e pouco. Porque Lee Mirae, a Garota Mágica do Tempo, acelerou o tempo dela.

Com a intenção de provar que tem poder para isso.

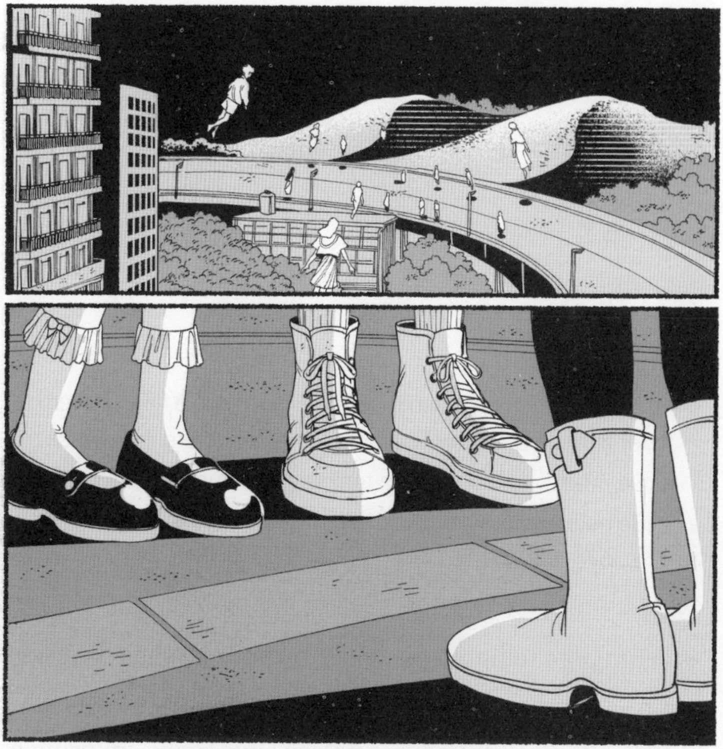

Garota Mágica *versus* Garota Mágica

- Vocês acreditam mesmo nisso? É claro que é fake! Devem ter filmado a rosa em câmera lenta e feito um time-lapse.
- Se é fake, então por que tem tantas visualizações?
- Só pelo número de visualizações já podemos ver o quanto o povo é burro!

Passo um bom tempo sem conseguir tirar os olhos da discussão sem sentido na seção de comentários antes de fechar o vídeo. Sendo uma das poucas pessoas que soube em primeira mão do despertar da Garota Mágica do Tempo (não sei se para minha sorte ou meu azar), sou incapaz de duvidar quando Lee Mirae afirma ser a própria.

E, até onde eu sei, a forma como Lee Mirae gravou o vídeo é a demonstração mais generosa possível da Garota Mágica do Tempo. A julgar pela rapidez com que ela aprendeu a lidar com os próprios poderes, caso tivesse escolhido um jeito mais direto e cruel de demonstrá-lo, Lee Mirae poderia ter acelerado o envelhecimento de uma pessoa até morrer, ou arremessar uma pedra e adiantado o tempo para que atravessasse o corpo de alguém... Se bem que esse tipo de vídeo pode ser considerado um filme *snuff*, com mortes reais, e ser banido do YouTube, né?

E já que o objetivo é o fim da humanidade, ela poderia só ter dispensado a apresentação polida. Se quisesse, Lee Mirae poderia facilmente interromper a rotação da Terra e pronto, acabou. Ela tem a habilidade monstruosa de acelerar o tempo das gotas de chuva e dar um sumiço em qualquer um que esteja caminhando na rua.

Porém, afirmar que a ideia foi do Sindicato Nacional das Garotas Mágicas deve ter colocado a organização numa situação delicada. Sinto um calafrio percorrer meu corpo: estou preocupada com Ah Roa. Será que é melhor telefonar para ela? Se bem que já é tarde... Mas e se ela estiver acordada por causa de uma reunião emergencial do Sindicato? É uma possibilidade... Mas e se ela estiver dormindo e eu a acordar? Seria muito inconveniente.

Minha mente vai a mil, e estou nervosa demais para ficar de pé e inquieta demais para ficar sentada. Perambulo pela loja, imaginando se eu conseguiria me tornar a última sobrevivente na face da Terra se fosse deixada neste lugar... É até onde a imaginação me leva. Não sei quanto tempo passo nessa, até que a gerente retorna e me dá outro esporro. Se era para ficar acordada, que pelo menos limpasse a loja. Talvez eu devesse ter me irritado com ela, mas nem isso consigo fazer. O que importa a limpeza de uma loja de conveniência se logo vamos todos ser dizimados? Além disso, não foi ela mesma que disse que repassaríamos a limpeza mais tarde? No fim, ela acaba não me ensinando nada. Poderia muito bem criticá-la por isso, mas tendo ficado acordada a noite toda depois de muito tempo — por causa do trabalho ou do vídeo de Lee Mirae, vai saber... —, não tenho energia para retrucar.

Ao terminar a limpeza da loja, o que me parece a coisa mais inútil a se fazer no momento, pego um *kimbap* triangular vencido há pouco tempo e encerro meu expediente. Já são oito horas da manhã, mas o céu chuvoso continua escuro. Durante o caminho de volta, fico pensando em quanta água deve ter entrado na minha casa. Por sorte, ao entrar no apartamento, vejo que a situação ainda é contornável com um esfregão.

Tomo uma ducha e me deito; apesar do cansaço, não consigo pegar no sono. Não importa o que aconteça daqui para a frente, preciso dormir; ainda tenho que ir trabalhar essa noite. Enquanto me reviro na cama, acabo pegando o celular e tomo um susto ao ver que uns trinta minutos tinham se passado sem que eu percebesse.

Mais irritante ainda é o fato de "Garota Mágica do Tempo" continuar nos assuntos em alta. Por mais que eu saiba que vou me arrepender depois, não paro de clicar para ler as notícias a respeito dela. Segundo a opinião dos especialistas, o vídeo de Lee Mirae não é falso nem editado com computação gráfica. Organizações nacionais ligadas à classe, como a Associação contra a Privatização das Garotas Mágicas, emitiram uma declaração conjunta. É possível que a Organização Mundial de Monitoramento da Crise Climática forme uma frente única em oposição à Garota Mágica do Tempo...

Por mais que ela tenha poderes mágicos, qual o sentido em declarar guerra contra uma pessoa só? Fico de pé de repente, os olhos grudados na tela, então volto a me deitar. Droga, preciso mesmo dormir...

Às onze horas, vejo a indicação de AO VIVO se acender abaixo da barra de pesquisa no site do portal de notícias. Ao ler o título do vídeo, não consigo controlar a curiosidade.

Sindicato Nacional das Garotas Mágicas:
Coletiva de Imprensa com a Presidenta

A figura da presidenta Yeon Riji em cima de um púlpito, com o corpo curvado, ocupa a tela. Mil *flashes* explodem quando ela endireita o corpo, ajusta o microfone e começa a ler o pronunciamento com a voz calma.

— *Caros cidadãos, o governo solicitou esclarecimentos a respeito de duas questões e autorizou essa coletiva de imprensa para tanto. Além de responder a esses questionamentos, o Sindicato gostaria de discutir um assunto ainda mais importante. Não quero me alongar, portanto peço que escutem até o final. Em primeiro lugar, a respeito da autenticidade da gravação feita pela Garota Mágica do Tempo, que tem causado grande repercussão e gerado um sentimento de apreensão nacional...*

Em nome do Sindicato, a presidenta confirma a existência da Garota Mágica do Tempo e que de fato se trata de Lee Mirae, a mulher no vídeo. Acrescenta que, mesmo sendo de conhecimento público que Garotas Mágicas atuam não somente na Coreia do Sul, mas no mundo todo, é bem raro que alguém se autodeclare uma Garota Mágica abertamente, o que justifica a agitação popular. O segundo questionamento era o seguinte: uma vez que a existência da Garota Mágica do Tempo fosse confirmada, ela poderia mesmo ser uma ameaça, conforme declarado no vídeo? A intenção dessa pergunta era aliviar a histeria nacional. Com o rosto tenso, como se estivesse engasgada, a presidenta encara a plateia e endireita a postura.

— *O Sindicato Nacional do qual faço parte é a maior organização representativa das Garotas Mágicas do país, e mais da metade das trezentas Garotas Mágicas em atividade na Coreia do Sul é nossa associada. Hoje venho sozinha fazer esse pronunciamento, mas, deste momento em diante, as nossas integrantes dedicarão todos os esforços para impedir as ações da Garota Mágica do Tempo.*

Responder à pergunta sobre o nível de ameaça da Garota Mágica do Tempo com a informação do número de integrantes do Sindicato Nacional me soa um bocado estranho. Olhando pelo lado positivo, talvez a ideia seja tranquilizar a população ao mostrar que o Sindicato tem uma grande quantidade de Garotas Mágicas a seu dispor; pelo negativo, talvez o poder da adversária seja tão absurdo que é necessária a união de todas elas para combatê-la. O que não resta dúvidas é que o confronto é inevitável... Levo um tempo até me dar conta de que essa parte também está implícita no discurso.

— *A questão mais urgente é responder ao que nós, Garotas Mágicas, já temos nos questionado: o que pode ser feito para salvaguardar a humanidade no futuro?*

A presidenta avança no discurso sem nem piscar, por mais que os *flashes* atrapalhem sua visão.

— *Se todas as Garotas Mágicas dentro e fora do Sindicato juntarem forças para impedir a Garota Mágica do Tempo, não significará que a emergência climática cessará a partir de então. O contador da bomba-relógio já havia começado a correr; a diferença é que agora existe uma pessoa disposta a acelerar a contagem. Cidadãos, pedimos que imaginem o que desejam para o futuro do planeta depois que interrompermos as ações da Garota Mágica do Tempo. É nosso dever dedicar todos os esforços para "persuadi-la", mas isso não adiantará nada se a população não interpretar essa situação como sendo o aviso final, quer tenhamos sucesso em nossa empreitada, quer não.*

O pronunciamento da presidenta chega ao fim. Quando os jornalistas começam a se levantar para fazer as perguntas, a câmera é bloqueada e a transmissão ao vivo é interrompida. Meu coração bate descompassado; pedir que a população imagine o futuro do mundo mostra a convicção de que a Garota Mágica do Tempo vai ser derrotada, mas a frase "quer tenhamos sucesso em nossa empreitada, quer não" dá a impressão contrária. O que vai acontecer se fracassarmos? Aliás, será que é possível derrotar alguém capaz de controlar o tempo num piscar de olhos?

E o principal: o fato de que estamos vivendo uma situação de Garota Mágica *versus* Garota Mágica é mais do que perturbador e terrível, é revoltante! E, apesar de tudo, não consigo achar que a Garota Mágica do Tempo é uma pessoa má. É claro que os métodos dela são extremos, mas ela está agindo de acordo com o que acredita e, assim como a metáfora da presidenta, não está fazendo mais do que acelerar uma bomba-relógio já plantada pela própria humanidade, isso sem recorrer a qualquer método mais cruel. Ao mesmo tempo, deter a Garota Mágica do Tempo, ou melhor, ir contra as vontades de Lee Mirae, talvez signifique precisar acabar com ela, e também que as tantas Garotas Mágicas que a enfrentarem precisarão arriscar a própria vida no processo.

O que nós vamos fazer? Devo ter caído no sono e, talvez pelas ideias que me passavam pela cabeça logo antes de dormir, acordo com o coração a mil. O Sindicato, a Garota Mágica do Tempo, Ah Roa... Um turbilhão de nomes e palavras revira minha mente. Custo a acreditar que caí num sono tão tranquilo em meio a isso tudo e solto um risinho irônico.

— Estava cochilando?

Solto um berro. Ah Roa está agachada, me observando. É aí que percebo que não estou em casa. Por ter acabado de acordar, minha visão ainda está meio embaçada, e não consigo perceber na hora; só depois de esfregar os olhos e prestar mais atenção é que vejo não somente Ah Roa, mas várias outras pessoas ao redor. Estamos em uma rodovia de oito faixas completamente vazia. E eu estava dormindo ali, naquela situação.

— Onde é que… Não, que horas… Hã, o que está acontecendo?

Olho de um lado para o outro e dou de cara com a presidenta segurando um aspirador de pó sem fio como se fosse uma guitarra.

— As integrantes do Sindicato estão sendo convocadas. As que tiveram seus instrumentos de magia criados pela presidenta.

Ah, o instrumento de magia! Enfio a mão no bolso do short velho que uso como pijama e sinto o cartão ali. Por mais que eu esteja espantada, só o que faço é assentir com a cabeça. As Garotas Mágicas aparecem do nada, uma a uma. Bem na hora, um rosto familiar surge na frente de Ah Roa.

— Ah! — Choi Heejin me reconhece também e me olha com um misto de alegria e incômodo. — Aff, até isto aqui virou um passeio de campo? Não te falei pra não botar civis nesse tipo de situação?

Ah Roa se levanta de repente e põe as mãos no quadril, prestes a retrucar, mas sou mais rápida.

— Não estou em um passeio, vim por causa do meu instrumento de magia.

— Você tem um instrumento de magia, *unnie*?

Um tiquinho convencida, tiro o cartão do bolso e o mostro a Choi Heejin.

— Qual seu poder?

— Ainda não despertei.

— Aff, então não passa de uma civil. Senta ali naquele cantinho e vê se não atrapalha.

Apesar do que disse, quem se afasta é ela. Aceno em despedida e logo pergunto a Ah Roa:

— Mas que lugar é este? O que está acontecendo?

— É o centro de treinamento exclusivo do Sindicato, que chamamos de subespaço, uma espécie de espaço virtual. Foi Choi Heejin quem o montou, um tempo atrás. Você assistiu à coletiva de imprensa hoje?

— Assisti.

E depois caí no sono...

— Vamos atrair a Garota Mágica do Tempo para cá e então executar nosso plano para derrotá-la — sussurra Ah Roa, se inclinando para mais perto de mim, como se não quisesse que ninguém mais a escutasse.

— Atenção!

É a voz da presidenta. Após guardar o aspirador de pó, ela pega dois leques, os abre e os agita em direção ao chão como se fossem um par de asas. Seu corpo começa a levitar. Solto um "uau!" espontâneo, mas, aparentemente, sou a única que está vendo isso pela primeira vez.

— Não é demais? Existe um módulo de levitação no treinamento para Garotas Mágicas. É legal dar uma olhada depois, já que é uma das formas de aperfeiçoar nossas habilidades. Temos que ser bem criativas na hora de pensar em como usá-las para levitar.

— Ah Roa, você também consegue fazer isso?

— No meu caso está mais para conseguir cair sem sofrer ferimentos graves... mas sim, dependendo da perspectiva, pode ser considerado levitar.

A presidenta continua balançando o par de leques até chegar a uma altura em que todas as Garotas Mágicas ao redor consigam enxergá-la.

— Vou começar pelos pormenores da operação de captura da Garota Mágica do Tempo. Senhorita Yoo Dasom, traga as Garotas Mágicas para perto de mim quando eu as chamar pelo nome.

O plano é mais ou menos o seguinte: Ah Roa, a Garota Mágica da Clarividência, determinará a localização atual da Garota Mágica do Tempo, enquanto Bae Jinhee, a Garota Mágica da Mente (uma espécie de telepata, pelo que entendi), passará a informação para as demais integrantes imediatamente. Então Choi Heejin, a Garota Mágica do Espaço, criará uma passagem às costas da Garota Mágica do Tempo, e Cha Minhwa, a Garota Mágica das Fragrâncias, a dominará com seus perfumes mágicos.

O primeiro nome a ser chamado é o de Ah Roa, que levita antes mesmo de terminar de me contar que Yoo Dasom é a Garota Mágica da Telecinese.

A equipe principal vai contar com Choi Heejin, Cha Minhwa e Yoo Dasom, e quando a Garota Mágica do Tempo for levada para o subespaço, a presidenta em pessoa tentará renegociar com ela. Se as renegociações falharem... No pior dos casos, todas as integrantes serão convocadas e pediremos auxílio às Garotas Mágicas dos outros países. Choi Heejin levanta a mão e a voz:

— Então, por que uma operação de captura? Não é melhor matá-la antes que ela possa contra-atacar?

— Um poder tão formidável quanto o dela é absolutamente necessário para nós mesmo assim. Ainda não podemos desistir da Garota Mágica do Tempo.

Tá, mas duvido que Lee Mirae se renda sem lutar. Dito isso, discordo da sugestão violenta de eliminá-la. Por que Choi Heejin sequer considera essa opção? Acha que sua habilidade de controlar o espaço físico não é poderosa o suficiente? Será que se ressente por Lee Mirae controlar uma força ainda mais poderosa?

Mais uma vez, a presidenta levanta a voz para que seja ouvida.

— Lembrem-se, a Garota Mágica do Tempo é, sim, dona de um poder espantoso, mas ainda não tem dimensão do que somos capazes. Temos somente uma chance antes que ela descubra os poderes das demais Garotas Mágicas.

A pior Garota Mágica de todas

Ah Roa pega seu espelho e mostra o reflexo à presidenta e à Garota Mágica da Mente. Parece que ela conseguiu localizar Lee Mirae. A Garota Mágica da Mente junta as mãos como que em oração; no mesmo momento, todas as outras ali, inclusive as que estão levitando, tapam os ouvidos. Todas balançam a cabeça como se concordassem, mas não consigo ouvir uma só palavra. Faz sentido; afinal, apesar de ter um instrumento de magia, não faço parte do Sindicato e ainda nem posso ser chamada de Garota Mágica. Faço que sim com a cabeça por um motivo cem por cento diferente de todas as outras pessoas ali. Por um instante, quase finjo não perceber que o rei está nu, pronta para tapar os ouvidos também, mas desisto, com medo de que minha mentira seja descoberta e eu passe ainda mais vergonha.

A presidenta pega duas máscaras de gás e as entrega para Choi Heejin e Yoo Dasom. A primeira veste a máscara depressa e logo cria um novo portal, enquanto a segunda, arfando ao vestir a máscara de gás, não para de bater o pé no chão. Choi Heejin ativa o portal assim que Yoo Dasom ergue o polegar; Cha Minhwa, Choi Heejin e Yoo Dasom passam por ele.

Quando Bae Jinhee pousa a mão sobre o espelho de Ah Roa, a imagem exibida nele é projetada no ar feito um holograma. O lugar parece ser o quarto da Garota Mágica do Tempo. Eu me sinto no set de filmagens de uma novela ambientada num "dormitório feminino"; de um lado, uma escrivaninha, com uma estante de livros junto a ela e uma cadeira de rodinhas de encosto alto; do outro, uma cama de casal, atulhada de almofadas e bonecas... *Fala sério, essa garota não tem do que reclamar...*, quase verbalizo o pensamento, mas a verdade é que violência pode existir até dentro de uma casa aparentemente normal como essa. É neste exato momento que a cadeira de repente se afasta da escrivaninha e gira para revelar Lee Mirae, a Garota Mágica do Tempo, sentada ali.

O holograma é tão realista que não somente eu, mas todas as Garotas Mágicas reunidas arfam ou exclamam em surpresa. Ufa, o sedativo funcionou... Posso ver o alívio transparecendo no rosto de cada uma.

Ao ser atingida pela fragrância sedativa, o rosto de Lee Mirae é tomado por uma expressão vazia, como se olhasse fixamente em nossa direção, mas, ao mesmo tempo, encarasse algum ponto ao longe. Com um gesto de Yoo Dasom, a cadeira é trazida para a frente das Garotas Mágicas reunidas; Choi Heejin então reativa o portal e Cha Minhwa é a primeira a sair. Com outro gesto de Yoo Dasom, o corpo de Lee Mirae levita e atravessa o portal. Até eu, uma "civil", consigo sentir a mudança na atmosfera; fica claro que todas as Garotas Mágicas ali estão em estado de alerta. Em seguida, Yoo Dasom e Choi Heejin saem pelo portal, que é fechado de pronto. A projeção do holograma criado por Ah Roa e Bae Jinhee também desaparece.

— Senhorita Yoo Dasom, deixe somente Lee Mirae à minha frente. Senhorita Cha Minhwa, permita que ela fale.

Quando a presidenta dá a ordem, Cha Minhwa pressiona a garganta de Lee Mirae com a palma da mão, e todas as outras Garotas Mágicas que levitavam — exceto Lee Mirae e a presidenta — retornam ao chão. Ah Roa vem correndo até mim e segura minha mão, e nós duas voltamos a atenção para o alto outra vez. A presidenta solta um suspiro pesado e começa:

— Bem, agora vamos dar uma palavrinha.

— Reunir essa quantidade de gente e sequestrar alguém só para dar uma palavrinha... Só pode ser brincadeira — retruca Lee Mirae.

Mas essa garota perdeu mesmo a noção e não respeita nem a hierarquia... Independentemente de qualquer coisa, isso lá é jeito de falar com a presidenta, que é uma senhora? Por um lado, entendo que Lee Mirae não está correta nesse modo de falar, mas, por outro, acho que está sendo até respeitosa demais, considerando que quer destruir a humanidade.

— Estamos tentando uma espécie de intervenção. — Posso ouvir um leve tremor na voz da presidenta. — Já falei isto para você antes; suas habilidades de Garota Mágica do Tempo são tão poderosas que é impossível utilizar qualquer método conhecido para coagi-la. Só o que esperamos é que demonstre boa vontade.

Nesse momento, Ah Roa puxa minha mão e sussurra:

— Ei, se por acaso alguma coisa der errado...

Olho para ela, parada ao meu lado, depois para a presidenta e Lee Mirae, levitando no alto. Estou tão absorta em tudo que está acontecendo que concordo sem pensar, mas ela aperta minha mão e diminui a voz num sussurro ainda mais íntimo:

— Tente agir feito a pessoa mais egoísta do mundo. Só o que importa é sobreviver. Pense assim, está bem?

Mas que papo é esse? Qual o sentido em atiçar o instinto de sobrevivência da pessoa mais insignificante ali, a única sem poderes? Além disso, estamos rodeadas de Garotas Mágicas e a suposta "mais poderosa de todas" nem consegue se mexer. O que pode dar tão errado?

— Está bem, entendi... — Balanço a mão de Ah Roa na minha, mas não recebo nenhuma resposta. Assim como a presidenta, Ah Roa estremece. É só então que me lembro de que ela consegue ver o futuro. — Por acaso...

Assim que estou prestes a perguntar se ela viu algo de ruim, ouço os gritos das outras Garotas Mágicas. Quando olho de volta para Lee Mirae, ela está com um braço levantado!

— É claro que me lembro de tudo que você disse naquele dia. — Seu tom de voz é tranquilo e maduro, igual ao que usou no vídeo ameaçando a humanidade. — Deve ser você quem não se lembra. Garotas Mágicas com o poder de controlar forças invisíveis são capazes de muita coisa só com a força do pensamento, não foi isso que você disse?

Agora que paro para pensar, por mais que minha conversa com Ah Roa tenha sido curta, não escutei a voz da presidenta durante esse intervalo. Será que… o motivo de ela não ter dito nada é por estar sendo impedida de falar? E se Lee Mirae tiver parado o tempo para a presidenta?!

Como se em resposta à minha pergunta, a presidenta desaba de repente. Yoo Dasom parece usar seus poderes para impedir que ela cai com força no chão, mas é uma cena chocante. Ao meu redor, todas as Garotas Mágicas tomam posição de combate.

— Você me disse que tenho o poder de evitar a destruição da Terra, mas sinto que está me subestimando agora, apesar de ter me superestimado pouco tempo atrás. Enfim, eu estava mesmo esperando por isso. Agradeço por ter juntado tantas Garotas Mágicas num só lugar e me convidado. Assim, me poupa o trabalho.

— Cala a boca, sua lunática filha da mãe!

É a voz de Choi Heejin, que abre um portal às costas de Lee Mirae, surge de dentro dele, agarra a Garota Mágica do Tempo e a empurra para dentro, então fecha o portal e aterrissa no solo.

— Ela pode até ser a braba da história, mas como é que vai lutar contra todas essas Garotas Mágicas? Nem controlar uma multidão ela consegue! — se vangloria Choi Heejin, esfregando as mãos, quando Lee Mirae reaparece do nada na frente dela.

— Até uma Garota Mágica precisa ser inteligente e precavida, não é?

— Hein...? O que...

Ao ver a expressão atônita de Choi Heejin, Lee Mirae sorri de leve.

— Voltar um pouquinho no tempo não é nada para uma Garota Mágica como eu. Não é uma boa ideia ignorar esse detalhe básico.

Choi Heejin não responde às palavras de Lee Mirae. Nem poderia; é como se estivesse congelada. A sombra de um sorriso parece passar pelo rosto de Lee Mirae.

— Mesmo sem ter a habilidade de controlar multidões, não é impossível enfrentar tanta gente ao mesmo tempo se usar o cérebro. Bem, vamos ver... Ah, vou dizer em voz alta para que todas aqui possam me entender bem. Desejo parar o tempo de todas as Garotas Mágicas neste local, exceto eu.

Como se quisesse se exibir, Lee Mirae estala os dedos, e é a partir daí que o toque da mão de Ah Roa — que apertava a minha com tanto desespero um segundo atrás — parece ficar diferente. Um pouco mais enrijecido, um pouco mais gelado. Não é como se estivesse morta, é como... se sua força vital estivesse pausada.

— Acho que estou sendo boazinha demais. Eu poderia desejar que o coração de todas vocês parasse ao mesmo tempo, mas não estou com vontade. E vocês querem que eu seja mais boazinha ainda? Não acham que é muita ganância?

Com as mãos atrás das costas, Lee Mirae começa a caminhar devagar por entre as Garotas Mágicas.

— Paralisia. Foi o primeiro poder que aprendi depois de me tornar a Garota Mágica do Tempo. A paralisia faz com que o tempo do corpo de uma pessoa seja congelado, correto? Para desfazê-la, basta fazer o tempo correr mais depressa.

Lee Mirae para em frente a uma Garota Mágica baixinha. É Ahn Subin, aquela que impediu a bomba dos terroristas de detonar no aeroporto de Londres. Seu corpo deve ter sido paralisado no meio de um ataque, pois um de seus punhos está aumentado. Lee Mirae solta um risinho.

— Mas descobri outra coisa enquanto fazia minhas pesquisas. Ao paralisar o corpo de alguém, a mente e os sentidos também são paralisados. A primeira pessoa que matei não deve nem ter sentido dor. — Ela passa, examinando o rosto de cada uma das Garotas Mágicas, imóveis feito manequins. — Uma pena, pois eu queria muito que ele sofresse.

Ela passa na minha frente. Enquanto caminha entre as Garotas Mágicas, gira os ombros e vira o pescoço só para mostrar que consegue se mexer. Lógico, ela sabe que é a única ali com total mobilidade, livre para fazer o que quiser. Fico com medo de que as gotas de suor comecem a escorrer pelo meu rosto, pois Lee Mirae não é a única que consegue se mover. Afinal, não sou uma Garota Mágica, então não estou sob o feitiço que ela usou em todas as outras.

Eu me sinto brincando de estátua, e que a pessoa no comando da brincadeira me encara durante um longo tempo. Meu corpo está dormente, meus olhos ardem e quero coçar as costas.

— Foi por isso que andei treinando. O que acham disso? Todas conseguem me ouvir? Paralisei o corpo de vocês, mas não a mente.

Lee Mirae passa direto por mim, mas parece não reparar em nada de anormal. Tenho vontade de me virar, mas não me atrevo a me mexer por medo de que ela me pegue no pulo. Permaneço parada no lugar e viro os olhos na direção de Ah Roa; ela está imóvel como todas as outras Garotas Mágicas atingidas pelo feitiço.

— Então, se tiver alguém aqui capaz de invocar os próprios poderes através do pensamento, que nem eu, vá em frente. Vai ficar meio chato se eu acabar com tudo de uma vez.

Fico esperando algum tipo de resposta à provocação dela, mas ninguém se pronuncia — seja porque aquelas capazes de fazer isso estão com muito medo de agir, ou por não existirem muitas Garotas Mágicas com poderes invisíveis, tal qual Lee Mirae e Ah Roa.

Mantenho meu olhar em Ah Roa. Na outra mão — a que não está segurando a minha —, ela ergue o espelho, que estampa minha imagem da mesma forma como fez na noite em que nos conhecemos. Na noite em que tentei me matar.

Se por acaso alguma coisa der errado, tente agir feito a pessoa mais egoísta do mundo. Só o que importa é sobreviver.

Recordo as palavras que Ah Roa me disse mais cedo. Será que ela havia visto o futuro em que estamos agora e foi por isso que disse aquilo?

Mas por que eu?

— É bem conveniente que eu possa destruir todas vocês de uma vez só, mas não sei como fazer isso. Não posso simplesmente abrir para votação, não é mesmo? Na verdade, conheço muitas formas de destruir todas vocês, mas não curto muito sangue, então...

Lee Mirae segue em frente com sua tagarelice. E eu... não consigo pensar em uma maneira de sobreviver. Tentar sair correndo é um atestado de arrogância perto de alguém tão poderoso, e mesmo que eu desse a sorte de encontrar um lugar para me esconder, como seria possível escapar de uma Garota Mágica que tem todo o tempo do mundo nas mãos? Se eu for incapaz de derrotar a Garota Mágica do Tempo, nunca sairei viva daqui. Vencendo a Garota Mágica do Tempo, porém, eu conseguiria não somente salvar Ah Roa, a presidenta, Choi Heejin, Ahn Subin, Yoo Dasom, Cha Minhwa... mas todas as Garotas Mágicas reunidas naquele espaço. Assim, a atitude mais egoísta que posso tomar é também a mais altruísta.

Mas como?!

O suor que se acumula na minha testa e escorre pelas sobrancelhas me faz apertar os olhos. Pela primeira vez na vida, sinto vontade de enfrentar alguém, e essa pessoa é justamente alguém com quem eu jamais conseguiria bater de frente.

De repente, sinto um calor se espalhar pelo bolso do meu short. Quando baixo o olhar, vejo feixes de luz emanando de lá. Entendo na mesma hora; já tinha passado por aquilo uma vez: estou despertando meus poderes! Por que agora?! Por que justo no momento em que estou tentando não me expor a uma inimiga impossível de ser derrotada?!

O que foi que eu fiz para merecer isso?!

Como derrotar uma Garota Mágica

Não ouço mais os passos de Lee Mirae. Os feixes de luz emitidos pelo instrumento de magia em formato de cartão de crédito dentro do meu bolso ficam cada vez maiores, até que viram uma bola de luz que envolve todo o meu corpo (inclusive Ah Roa, que ainda segura minha mão) e lança longas sombras por baixo dos pés das Garotas Mágicas ao meu redor... e Lee Mirae, que está atrás de mim, com certeza percebe.

Ouço passos apressados vindo na minha direção.

Sinto vontade de chorar; por que meus poderes estão despertando agora, se nada aconteceu quando me esforcei tanto para isso? Será que foi a minha vontade de cair no tapa com a Garota Mágica do Tempo? Foi muita arrogância minha sequer cogitar essa ideia, mas tentar?! O misto de frustração, medo, revolta e raiva que toma meu coração faz com que as lágrimas ameacem cair.

— Você... — começa Lee Mirae com certo interesse quando chega à minha frente.

Como se recebesse uma deixa, meu corpo começa a levitar (continuo apertando a mão de Ah Roa durante esse tempo todo) e um raio de luz envolve minhas roupas, alterando seu formato. Minha transformação começa sem que eu entoe qualquer chamado... O olhar fascinado de Lee Mirae só aumenta meu sentimento de humilhação e raiva. A primeira transformação de uma Garota Mágica não deveria ser marcada pela vontade de morrer.

— Então é assim que ocorre a transformação de uma Garota Mágica... Que interessante.

Quando boto os pés de volta no chão e olho para baixo, percebo que estou usando um terno preto feito sob medida. É a primeira vez na vida que uso um terno, nunca nem ousei experimentar um, mas, para ser sincera, vontade não me faltava... Sei que a situação é desesperadora, mas minha sensação no momento é de alívio; ainda bem que não preciso usar um vestido de princesa colorido e fofinho que nem o de Ah Roa para enfrentar Lee Mirae.

— Por que meu poder não te afetou?

Com a voz trêmula, apesar de não ser segredo para ninguém, respondo:

— Porque só agora me tornei uma Garota Mágica.

— Jura? Que maneiro!

Sinto vontade de rir de tão estranho que é ouvir Lee Mirae, com seu tom de voz tão maduro, do nada dizer algo como "que maneiro!", mas me seguro para que minha risada não se transforme no motivo do meu fim. Contudo, é ela quem parece prestes a cair na gargalhada.

— Quer dizer que você nem tem dimensão dos seus poderes?

— ... É.

Lee Mirae leva a mão à barriga e começa a rir. Meu medo começa a dar lugar a um sentimento de irritação. Ela está agindo feito uma... como posso dizer?... uma escrota.

É isso, Lee Mirae *é uma escrota*!

— Foi erro meu — diz Lee Mirae quando para de rir, mas ainda com um sorriso no rosto. — Devia ter desejado que todas as pessoas daqui fossem paralisadas, não só as Garotas Mágicas. Se bem que não posso chamar de erro, já que nem cheguei a pensar que haveria alguém sem poderes aqui.

Estou irritada e com o orgulho ferido. Tiro meu instrumento do bolso e o aponto na direção dela.

— O que é isso?

— É... minha arma.

Lee Mirae cai na risada outra vez. Seus joelhos se dobram, e ela enxuga as lágrimas do canto dos olhos no ombro da Garota Mágica mais próxima. Quer dizer que meu instrumento de magia é tão hilário assim?

— Não, olha... Você deve ser lelé da cuca mesmo...

Estou prestes a chorar de novo, mas agora por um motivo totalmente diferente.

— Vai fazer o que com isso? Me *cobrar* até a morte? Ou, quem sabe, me parcelar em vinte e quatro vezes sem juros? O que você faz da vida? É comediante, por acaso?

Luto contra as lágrimas enquanto ouço Lee Mirae disparar aquelas palavras feito uma metralhadora.

Não sei bem o que fazer com aquilo. Mas a verdade é que eu poderia ter sido ela, poderia ter sido a Garota Mágica do Tempo. Se fosse, esse momento nunca teria acontecido, e ela não teria salvado a própria vida. Devo ser estúpida demais, incompetente demais; só assim ela pôde se tornar o que é. Se forçar um pouco a barra, posso dizer que fui eu quem a transformei em quem ela é. Ela só tem poderes por minha causa!

E aqui está ela, fazendo pouco caso de mim.

— Bem, não vou te subestimar. Vai saber do que você é capaz...

Lee Mirae estala os dedos. Meu corpo vira uma pedra e não consigo me mexer. Continuo consciente, mas não consigo falar nem mover os olhos. Congelada na mesma posição, ainda seguro o cartão de crédito como uma idiota.

— Obrigada por finalmente me dar algum tipo de diversão!

Com um leve impulso, Lee Mirae tira os pés do chão e começa a bater as pernas no ar como se estivesse nadando. Mas está levitando. Então é assim que a Garota Mágica do Tempo levita. Um impulso e congela o tempo antes de despencar; mais um impulso e congela o tempo outra vez... Ver Lee Mirae levitar — algo que as Garotas Mágicas precisam treinar para aprender a fazer — como se fosse uma coisinha à toa faz com que eu me sinta mal. Duvido que ela tenha treinado a técnica em algum momento; ainda assim, a utiliza com a maior naturalidade. Um prodígio. Uma escrota, sim, mas sem dúvidas um prodígio. Uma Garota Mágica nata. Não só controla o tempo — a habilidade mais poderosa de todas —, como, ainda por cima, é um prodígio.

Já eu... devo ser a Garota Mágica com o poder mais imbecil que já despertou. Um modelo de incompetência que não tem a menor ideia do que está fazendo. Não só como Garota Mágica, mas na vida em geral.

— Graças à última de vocês, que nem sei do é capaz, tive uma ideia! Está na hora de encerrar o assunto! — diz Lee Mirae em voz alta, de algum local muito acima de mim.

A última de nós... Será esse o nosso fim? *Ah Roa, me perdoe. Presidenta Yeon Riji, me perdoe. Todas as outras Garotas Mágicas... Fui a última que restou, mas não consegui trazer nenhuma esperança a vocês...*

Quero fechar os olhos, mas é impossível. Sinto que estou chorando, mas as lágrimas não caem. Nem minha voz consegue sair para que eu possa pedir perdão, mas... *Esperança.* Essa palavra grandiosa, mas vaga, não para de dançar na minha mente sem contexto algum.

Qual foi meu pensamento no instante em que despertei meus poderes?

Foi que derrotar a Garota Mágica do Tempo é impossível para mim. E, mesmo assim, eu quis enfrentá-la. Eu quis derrotá-la. Eu *quis*... Uma forte esperança foi o que me fez despertar como Garota Mágica! Os poderes que o universo oferece às pessoas mais vulneráveis servem para restaurar o equilíbrio, e é assim que nascem as habilidades das Garotas Mágicas.

Sendo assim, pode ser que eu consiga derrotar Lee Mirae usando meu poder desconhecido!

Lee Mirae ergue um dos braços por algum motivo. Minha intuição diz que algo terrível vai acontecer no momento em que ela o abaixar.

Rápido, pense em alguma coisa! Alguma coisa que possa fazer para derrotar a Garota Mágica do Tempo! Mas como?! Mesmo que eu consiga contê-la pelo uso da força, ela é capaz de fugir alterando a passagem dos segundos. Se eu causar algum ferimento fatal, ela pode simplesmente voltar no tempo. Como posso enfrentar alguém com poderes assim?

O braço de Lee Mirae parece se abaixar em câmera lenta.

Tempo. Preciso de mais tempo; tempo para pensar, mas a Garota Mágica do Tempo é ela, não eu... Droga, tudo seria tão melhor se ela não fosse a Garota Mágica do Tempo. Nossa, mas no que é que estou pensando? Não tenho tempo para isso!

Espera aí...

É nesse instante que meu instrumento de magia começa a reluzir. Sinto que cheguei a uma conclusão muito próxima da resposta certa.

Lee Mirae não deveria mais conseguir usar o poder do tempo... Ou melhor, eu desejo que Lee Mirae não seja mais a Garota Mágica do Tempo.

Será que vai funcionar? Se não der certo, não vou ter outra chance. Vamos tentar de novo, dessa vez, com um tom de exclamação.

Eu desejo que Lee Mirae não seja mais a Garota Mágica do Tempo!

No instante em que coloco todo o meu coração nesse desejo, uma explosão de luz emana do meu instrumento de magia, e em meio a ela, mal consigo enxergar o braço de Lee Mirae voltar à sua posição original.

— N...!

Tento gritar "não!", mas sinto uma estranheza ao ouvir minha voz e levo a mão até a garganta. Me dou conta de que, se estou tocando minha garganta, é porque estou conseguindo mexer o braço, e se estou conseguindo mexer o braço, é porque o efeito da paralisia do tempo acabou! O brilho intenso me impede de ver qualquer coisa, e estendo os braços à frente. É aí que alguém entrelaça os dedos nos meus e sussurra:

— Procurando por mim?

— Ah Roa!

Mal tenho tempo de comemorar a recuperação dela também, pois um tremor violento percorre o lugar, que começa a se desfazer pelos cantos. Pelas rachaduras abertas naquele espaço reluzente, que se despedaça feito um cubo de gelo, um vazio, escuro como breu, vai se revelando.

— Alguma coisa deu errado... — digo, a voz tomada pelo medo.

— Nada deu errado — responde Ah Roa, ainda que o local onde estamos esteja desaparecendo em meio à escuridão. — Bom trabalho!

Com a sensação de que estou caindo, enrosco o corpo e fecho os olhos com força; é aí que o tremor para de repente. Estou viva? Estou, e... acabo não caindo em lugar nenhum. Sinto apenas o mesmo desconforto e confusão de quando acordamos com um susto depois de sonhar que estamos caindo. Está chovendo. Relaxo o braço que protege minha cabeça e abro os olhos; parece que estou no terraço de um prédio. É noite, e umas cem mulheres estão ali, com uma expressão tão confusa quanto a minha.

— O que aconteceu?

— Quando o subespaço desabou, fomos transportadas para o terraço do prédio do Sindicato — responde Ah Roa.

— O subespaço desabou? O que foi que fiz de errado?

— Nada, você foi ótima! Hum, o motivo para o local ter desabado é um pouco complicado de explicar...

Localizo a presidenta, que se levanta com a ajuda das mulheres ao redor. Um pouco mais ao longe, algumas delas estão reunidas num círculo e observam alguma coisa. A multidão se dispersa quando a presidenta vai cambaleando até lá, e tanto eu quanto Ah Roa podemos ver o que chamou tanta atenção.

Lee Mirae está ali, caída e inconsciente.

Eu venci... Um calafrio percorre meu corpo quando percebo a verdade. Não me sinto tão feliz quanto achei que ficaria, só estou aliviada por nenhum grande sacrifício ter sido necessário... Mas o que exatamente eu fiz para vencê-la?

Mais importante ainda, se a destruição da humanidade tiver sido evitada de uma vez por todas, então tenho outro problema para me preocupar.

— Que horas são?

— Dez e pouco. Por quê?

Forço uma risada ao sentir minhas forças se esvaírem.

— Eu já deveria estar no serviço...

Ah Roa me dá tapinhas nas costas.

— Sacrificar a própria rotina para salvar o mundo faz parte do trabalho.

A chuva começa a diminuir.

A Garota Mágica aposentada

— Daquele dia em diante, a Garota Mágica do Tempo perdeu a capacidade de controlar o tempo — a presidenta. — Posso saber que tipo de poder a senhorita usou?

Brinco, inquieta, com a xícara de chá e respondo em voz baixa:

— Eu só quis que ela não fosse mais a Garota Mágica do Tempo...

— Você fez um desejo, é isso?

Todas sentadas à mesa soltam um arquejo, uma exclamação ou uma risada zombeteira. A mistura de reações causa uma vibração no ar que faz a superfície do meu chá estremecer.

— Isso faz dela a Garota Mágica dos Desejos?

— Soa um tanto genérico.

É hora de confirmar qual foi o poder que usei para derrotar a Garota Mágica do Tempo e decidir que tipo de Garota

Mágica devo ser. Será que posso chamar essa reunião de uma entrevista para fazer parte oficialmente do Sindicato Nacional das Garotas Mágicas? Alterno o olhar entre as veteranas reunidas ali e Ah Roa, que em silêncio articula "não fique nervosa" com a boca. Ergo um pouco a mão.

— Se for de alguma ajuda... posso demonstrar minha habilidade.

— Aqui?

Sinto a tensão no ar. Afinal, do ponto de vista delas, eu roubei os poderes de outra Garota Mágica, então é compreensível que fiquem nervosas com outra demonstração... Mas não é assim que isso funciona. Pego meu instrumento de magia sem dar mais tempo para elas pensarem.

— Quero a garrafa d'água de meio litro mais barata que tiver.

Quando a garrafinha plástica aparece na minha frente, pego o celular e abro o aplicativo do banco. Coloco o celular de volta na mesa para que todas vejam.

— Quando peço uma garrafa d'água, meu desejo é realizado através do caminho mais racional e vantajoso possível em termos de custo. Tudo tem um preço; a garrafa apareceu na minha mão sem que eu precisasse me mexer, e o custo foi debitado da minha conta corrente. Uma garrafinha deve ter sumido da loja de conveniência mais próxima, e a transação no meu cartão deve ter sido registrada no caixa. Mesmo que eu receba um reembolso, a transação vai continuar registrada lá, mesmo se eu cancelar a compra.

A presidenta junta as mãos sobre a mesa e murmura num tom de voz grave que parece vir do fundo da garganta:

— A Garota Mágica do Preço a Pagar...

— Se eu desejasse alguma coisa exorbitante, que nem um anel da Tiffany ou um relógio da Cartier, talvez eu perdesse um rim, uma córnea ou algo do tipo. No momento, não tenho dinheiro nem condições de pagar o preço dessas coisas.

— E não pode desejar que o rim ou a córnea retorne?

— Aí o anel ou o relógio teria que ser devolvido, ou eu precisaria trocar o objeto por algum outro órgão.

— Em resumo, a senhorita pode desejar o que quiser, mas sob o risco de não saber o preço a pagar por esse desejo?

Olho mais uma vez para Ah Roa e faço que sim com a cabeça.

— ... Pelo visto, sim.

— Naquele dia, parece que muitas das Garotas Mágicas, se não a maioria, além, é claro, da Garota Mágica do Tempo, perderam seus poderes ou foram enfraquecidas — começa Ah Roa. — Eu inclusa. Quase não consigo mais prever o futuro e, no momento, meu espelho é tão comum quanto qualquer outro.

Foi por isso que o subespaço desabou: Choi Heejin, a criadora do lugar, de repente perdeu seus poderes mágicos.

— Talvez o enfraquecimento dos poderes das demais Garotas Mágicas tenha sido o preço a pagar para que a Garota Mágica do Tempo perdesse os dela. Para manter o equilíbrio.

Ainda é incerto se elas conseguirão recuperar ou desenvolver os poderes novamente.

— Faz sentido...

Enquanto isso, parece que o enfraquecimento passou despercebido pelas Garotas Mágicas veteranas, que mal usavam seus poderes nos últimos tempos.

— Mas e quanto a ela...? — Uma moça aponta com cautela para mim.

— Meus poderes não são exatamente meus. Só consigo usá-los se pagar o preço equivalente — respondo, guardando o cartão de volta no bolso. — E é por isso que não tenho a intenção de usar esse poder nunca mais.

A presidenta e demais Garotas Mágicas veteranas me olham boquiabertas.

— Não acho certo usar uma habilidade que pode colocar não só a mim, mas outras pessoas em perigo. Tivemos sorte dessa vez, mas nada garante que o mesmo vai acontecer novamente. Também não sobraram muitas Garotas Mágicas para pagarem o preço. Por isso... por mais que meus poderes tenham despertado há pouco tempo, acredito que o melhor seja eu me aposentar.

Ninguém vai conseguir me convencer do contrário. Isso deve ser uma novidade para elas também; nunca antes se ouviu falar de uma Garota Mágica aposentada. Além do mais, sou a Garota Mágica que derrotou a que era considerada a mais poderosa de todas; elas sabem que, mesmo se quiserem, não conseguirão me forçar a fazer algo contra minha vontade.

— Tem certeza de que não vai se arrepender? — pergunta Ah Roa ao sairmos da sede do Sindicato.

Ora, se a Garota Mágica da Clarividência está fazendo esse tipo de pergunta, parece que vou acabar me arrependendo algum dia. Esse pensamento me ocorre mesmo sabendo que ela está incapacitada de usar seus poderes.

— Acho que não vou ter tempo de me arrepender. Vou estar muito ocupada.

É verdade. Acabei sendo demitida da loja de conveniência, mas o cibercafé entrou em contato comigo outra vez. Eu disse que gostaria de trabalhar tanto quanto possível; eles levaram a sério e tenho trabalhado sem parar. Estou exausta. Ainda assim, tenho procurado vagas temporárias de meio-período em mercados e eventos. A intenção é juntar dinheiro o mais rápido possível.

Sinceramente, a declaração de que eu não usaria meus poderes outra vez foi mentira. Desejar que o macarrão instantâneo cozinhe mais depressa quase não exige nada em troca, e meu chefe e os clientes me acham o máximo por ser a mais rápida entre todos os funcionários. Às vezes, chego a pensar se o preço a pagar não é um aumento na conta de gás, mas já que é o chefe quem paga, nem me incomodo e, nesses casos, uso meus poderes à vontade. Quando estou exausta, peço que meu cansaço seja aliviado ou que eu tenha uma boa noite de sono e, como efeito colateral, vejo que perdi um punhado de fios de cabelo ou que meu corpo está mais inchado. Mas, sinceramente, quem se importa?

Meus desejos simples não fazem mais do que economizar alguns minutinhos e, às vezes, isso me faz sentir como se eu fosse mesmo a Garota Mágica do Tempo.

Falando nisso, o que aconteceu com Lee Mirae, a verdadeira Garota Mágica do Tempo? Quando pergunto, Ah Roa me conta que o Sindicato a está mantendo sob proteção.

— Ela não pode voltar a viver como antes. De qualquer modo, agora Lee Mirae é uma garota comum. Vamos fazer o possível para protegê-la, assim, ela poderá ter uma vida decente.

Não consigo me forçar a perguntar se é isso que Lee Mirae deseja.

Além disso, o Sindicato ainda está em condições de ser chamada de organização em prol das Garotas Mágicas? É claro, Ah Roa também acaba respondendo a essa pergunta.

— Do nada, um monte de gente resolveu fazer o teste de admissão.

Por essa eu não esperava...

— Apesar de a maioria não ter habilidade o suficiente para despertar como Garotas Mágicas, o número de pessoas com aptidão para magia teve um aumento significativo. Talvez esse fenômeno também seja consequência do que houve naquele dia. Em vez de ter retirado os poderes de uma única Garota Mágica muito poderosa, talvez o universo tenha redistribuído os poderes de várias Garotas Mágicas medianas para mais pessoas. Mas essa é só minha suposição.

Faço que sim com a cabeça, pois sei que as suposições de Ah Roa estão quase sempre certas.

— Se juntarmos a força de várias pessoas de bom coração capazes de usar magia, talvez possamos enfrentar a ameaça climática. Quem sabe não mudamos nossa abordagem e nos tornamos uma organização ambiental? Lee Mirae gerou muito ressentimento, não só em relação a si própria, mas às Garotas Mágicas no geral. Um exemplo de inimigos que fizemos são as organizações criminosas. Numa situação como essa, as pessoas que perderam os poderes dependem da proteção daquelas que ainda conservam um pouco de suas habilidades. Inclusive, a ideia é manter a perda dos nossos poderes em segredo o máximo possível.

Depois de responder a cada uma das minhas perguntas, Ah Roa segura minha mão outra vez.

— E aí, quais são seus planos para a aposentadoria?

Pensar nisso me faz sentir que envelheci um bocado de repente, e sinto vontade de rir. Não existe plano nenhum, além, é claro, de juntar dinheiro. Muito dinheiro. Dificilmente vou ficar rica trabalhando meio-período num cibercafé, mas também não tenho a menor intenção de ficar o resto da vida nesse emprego. Só quero mesmo é juntar uma boa grana. Pagar minhas dívidas e começar a estudar. Tenho um sonho desde antes mesmo de pensar em me tornar uma Garota Mágica; um sonho que desejei mais do que despertar meus poderes mágicos — e, para isso, preciso estudar. Se pude me tornar uma Garota Mágica aos vinte e nove anos, então com certeza não é tarde demais para tentar ser designer de relógios. Mas como posso explicar? Entrelaço meus dedos nos de Ah Roa e escolho as palavras com calma.

— Na verdade, desde criancinha, tenho um sonho que nunca me abandonou...

É então que me dou conta de que faz um bom tempo desde a última vez que contei do meu sonho para alguém que não fosse o meu avô.

Nota da autora

Escrevendo uma história sobre Garotas Mágicas

Essa bela terra de paisagens maravilhosas foi onde se estabeleceu o sr. Tangun.

O sr. Tangun era filho de Hwanung, que, por sua vez, era o sucessor do imperador celestial Hwanin. Quando Hwanung foi enviado à Terra, Hwanin lhe ofereceu três tesouros, chamados Tesouros Celestiais: uma espada, um espelho e um sino. Os estudiosos acreditam que esses objetos feitos de bronze representavam a autoridade da classe dominante e continham um significado espiritual e ritualístico.

Em outras palavras, os três objetos que Hwanung trouxe do reino dos Céus eram uma arma comprida, uma ferramenta redonda e um pequeno artefato com poderes misteriosos... Se isso soa familiar, é porque essa é a intenção. A varinha mágica, o espelho de transformação e o instrumento de magia de uma Garota Mágica. Hoje em dia, a variedade de instrumentos das Garotas Mágicas aumentou exponencialmente, mas ainda está dentro dos padrões de um Tesouro Celestial, por mais rigorosos que esses padrões tenham se tornado.

Ter ou não ter um item característico, a exemplo da varinha mágica, é um aspecto importante que define uma Garota Mágica. Assim sendo, Meimi, de *Kaitou Saint Tail* — que não é bem uma Garota Mágica, mas, sim, uma ladra com poderes mágicos —, entra sorrateiramente na categoria de Garota Mágica, e ninguém deixaria de chamar Sakura, de *Sakura Card Captors*, de Garota Mágica, apesar de ela não realizar a transformação.

Então, veja que surpresa, somos uma comunidade de... Garotas Mágicas!

Basta aceitar.

Sempre que surge uma nova teoria geracional, as pessoas inclusas nesse grupo ficam confusas. Eu sou "dessa geração"? Desde quando? Aparentemente, me encaixo no que chamamos na Coreia de geração MZ. E, dentro dela, sou considerada uma *millennial* tardia (1989-1996). Não tenho certeza de qual é o critério, mas sempre achei que os códigos culturais da minha infância se conectavam muito bem àqueles das pessoas nascidas sob esse mesmo critério e, como sou nascida em 1989 — entrando de raspão nessa classificação —, vivo me sentindo um pouco excluída quando vejo vídeos com o título

"Mix das aberturas de desenhos animados nostálgicos para quem nasceu nos anos 1990".

Eu também me lembro de tudo, de tudinho mesmo. Da Garota Mágica-Ladra de cabelos compridos presos em um rabo de cavalo alto que roubou meu coração (*Kaitou Saint Tail*); da feiticeira genial, forte o suficiente para ser imbatível no mundo, mas não tão poderosa quanto sua irmã mais velha em casa (*Slayers*); do potencial de uma garota que poderia realizar qualquer coisa com seu amor pela natureza (*Angel, A Menina das Flores* e *Flower Witch Mary Bell*) e das três garotas que me ensinaram que a maldade nunca pode superar o poder do amor (*Wedding Peach*)... Em meio às cenas panorâmicas intermináveis que se misturam na minha memória, há uma cena memorável da capitã da Divisão de Defesa da Terra batendo sua medalha na mesa para dar a aprovação final para a mobilização dos robôs (*Matchless Raijin-Oh*); então, pensar em robôs gigantes me faz lembrar de *Guerreiras Mágicas de Rayearth*... Garotas Mágicas com profissões, como enfermeiras (*Nurse Angel Ririka SOS*), autônomas (*As Aventuras Mágicas de Mint*) ou cantoras (*Full Moon o Sagashite*), também estão inclusas nessa lista de lembranças.

Acrescente à lista *Hey Yo Yorang*, que pega emprestado o tema da metamorfose de animais em humanos; *Koby-Koby*, cujas personagens Deusa das Flores e Anel de Jade podem se transformar em *goblins*; *Dooly the Little Dinosaur* e sua criatura superpoderosa de gênero neutro; e, se acrescentar animações coreanas que não falam exatamente de "magia", mas, muitas vezes, de "milagres", como *Yeongsimi* e *Dallyeola Hani*, terá a crônica completa da minha experiência de *millennial* tardia com as narrativas de amadurecimento de Garotas Mágicas-Heroínas... Ah, quase me esqueci de *Sakura Card Captors* e *Wings of Dragon*. Aquelas que me faziam calçar os patins e sair para a rua todos os dias sem motivo algum (na época, minha casa ficava em uma colina baixa).

— E, é claro, *Sailor Moon*!

Foi o que o amor da minha vida disse quando terminou de ler esta nota. Estava hesitante, sem saber que palavras usar para invocar a mais ilustre de todas, mas tal resposta foi exatamente o que eu procurava: É claro, *Sailor Moon*. Uma presença tão marcante, que poderia rivalizar com quase todos os títulos já mencionados juntos.

Até onde sei, *Sailor Moon* é o primeiro exemplo de história do nascimento e destino de uma Garota Mágica elevada a uma narrativa mítica e heroica. Antes disso, muitas obras tinham o tema da paz mundial, mas costumavam se concentrar na paz de outras dimensões ou de planetas alienígenas no qual viviam civilizações mágicas, ou no equilíbrio entre esses mundos e a Terra.

Sailor Moon popularizou a ideia de que as Garotas Mágicas "lutam" para proteger o mundo. Isso me fez pensar seriamente que o destino da Terra e o futuro de todo o universo estavam nas mãos dessas *unnies*, que não eram muito mais velhas do que eu. Elas eram personagens fictícias em 2D, e eu era uma telespectadora, um ser humano tridimensional, mas todas nós tínhamos algo em comum: éramos garotas.

O destino de uma garota é salvar o mundo. Basta aceitar. Mas como?! A palavra "garota" parece pequena demais para ser justaposta à palavra "mundo", mas também soa familiar, como se já tivéssemos ouvido em algum lugar. Não à toa, não é exagero dizer que o conflito e a reconciliação entre o indivíduo e o mundo é o tema de todas as narrativas da era moderna. Estou divagando, mas o que torna *Sailor Moon* tão interessante é a questão do destino.

Como alguém teve a ideia de desenhar uma coisa dessas? Ouvi dizer que Naoko Takeuchi, a criadora de *Sailor Moon*, coleciona pedras preciosas como hobby. Pedras preciosas brutas, joias lapidadas; minerais. Por alguma razão, colecionar joias me parece um hobby luxuoso e feminino, enquanto colecionar pedras brutas parece estar um nível acima, um hobby puramente acadêmico. De qualquer forma, isso pode ser entendido como uma dica. O que faz de *Sailor Moon* uma narrativa mitológica ou heroica não é apenas seu desenvolvimento dramático, mas também o fundo mitológico de acordo com o qual os planetas e as joias são nomeados, algo que se conecta às sensibilidades femininas e fatalistas que tiveram um grande renascimento na cultura japonesa (e se espalharam pelo mundo por meio de subculturas influentes). Cada uma das Guardiãs Sailor representa um planeta, que se torna o guardião de seu período de nascimento, e a cada período de nascimento também é atribuída uma pedra, e seria absurdo mencionar os doze signos do zodíaco sem mencionar o horóscopo...

Além disso, no início de *Sailor Moon* (não sei se preciso acrescentar isso) temos cinco Guardiãs Sailor, que dizem ter sido inspiradas na série de super-heróis *tokusatsu* favorita da autora. Em outras palavras, se pegarmos os personagens principais de *Power Rangers*, transformarmos todos eles em garotas, darmos a cada um deles uniformes e um planeta representativo, temos *Sailor Moon*.

Portanto, a conclusão temporária é de que ter usado elementos culturais de que gostava em seu trabalho foi um fator importante para que a autora conseguisse atrair seu público-alvo. Naoko Takeuchi nasceu em 1967 — o mesmo ano que a minha mãe —, e começou a desenhar *Sailor Moon* quando era adolescente. A própria artista era uma garota, e *Sailor Moon* é uma obra criada corajosamente de acordo com seus gostos femininos.

Então, será que a "síndrome de *Sailor Moon*" é só uma coincidência?

Vamos inverter a pergunta e abordar um equívoco antigo em relação ao gênero Garotas Mágicas: coisas femininas são "menos importantes"? Não são substanciais? Em outras palavras, o mundo "feminino" não faz parte do "mundo"? O mundo feminino é composto de sentimentos perfumados, imagens bonitas e fantasias doces, portanto, é irrelevante para o mundo salgado e amargo de sangue e suor?

O mundo substancial é, em outras palavras, um mundo destrutível. Nesse caso, o mundo das garotas é indestrutível? Não há dor nele? É claro que não, é um mundo muito mais frágil! Afinal, se trata de pessoas que são muito mais vulneráveis ao sofrimento. (Preciso acrescentar que isso se deve por serem menores de idade, não por serem mulheres.)

Da mesma forma, costumo ver Garotas Mágicas sendo desvalorizadas como fracas ou triviais em comparação a robôs gigantes, mesmo que estejam lutando pelo destino do planeta, e isso é uma clara condescendência que não tem nada a ver com a diferença de peso corporal. O lado com menos destruição no final de uma batalha é mais forte do que o lado com mais destruição. O fato de que é menos provável que as Garotas Mágicas sejam mostradas destruindo coisas não quer dizer que sejam fracas, e sim que são igualmente competentes. Se cada batalha resulta no desabamento de um arranha-céu, na destruição de uma ferrovia e em uma cadeia de explosões, como isso significa "salvar" o planeta? A batalha pode ter sido ganha, mas vidas não foram necessariamente salvas.

É claro que o gênero Garotas Mágicas não está imune a críticas. Seja pelos trajes que parecem não contribuir para a eficácia de uma luta; pelo design fofo da heroína e grotesco do vilão; pela forma como o bem e o mal são identificados com a beleza e a feiura; a maioria dos títulos do gênero sofre de problemas semelhantes, embora em graus variados, mas vou falar de uma queixa pessoal que está um pouco distante da principal controvérsia do gênero.

Analisando o histórico até agora, as Garotas Mágicas podem ser classificadas em dois tipos principais: a "Garota Mágica nata" (uma estranha vinda de um mundo mágico) e a "Garota Mágica despertada" (uma terráquea convidada ou escolhida por um ser místico para entrar em um mundo mágico). Essas últimas podem ser ainda divididas entre aquelas que nunca tiveram poderes mágicos e aquelas que sempre estiveram destinadas ao poder — por exemplo, a reencarnação da princesa de um mundo mágico.

Quanto mais incrível for sua magia, mais poderosa será a Garota Mágica e mais plausível será a explicação para seus poderes; portanto, faz sentido dar um pano de fundo especial à sua origem. Minha única reclamação, mesmo aqui, é a seguinte: e quanto a mim, que na verdade nasci uma terráquea completamente normal e não descobri nenhuma evidência de que fui uma princesa mágica em uma vida passada até os trinta anos?

Às vezes, um país como o meu, ou um povo como o meu, ou alguém como eu precisa desesperadamente de magia ou de um milagre. Não só eu, mas todo mundo. Quer você goste ou não de Garotas Mágicas, ou mesmo que não se identifique com o gênero em si.

O que estou dizendo é que a ideia de que existe de fato um apocalipse prestes a acontecer no mundo e nenhuma Garota Mágica para evitá-lo me parece muito estranha.

A primeira coisa que me veio à mente quando comecei a pensar em *Uma Garota Mágica se aposenta*, que na época tinha o título provisório *Yo/Sul/Bong*, foi a situação delicada em que se encontraria uma Garota Mágica na inspeção de segurança de um aeroporto. Será que uma Garota Mágica cujo instrumento de magia é um espelho seria considerada portadora de uma arma ilegal ao passar pela segurança? Achei que seria divertido pensar se ela seria pega ou não. Se um objeto que cabe na palma da mão for tratado como uma arma perigosa e, portanto, for exigida uma licença para portá-lo, quer dizer que o governo em alguma instância estaria ciente da existência das Garotas Mágicas... e teríamos um mundo onde a existência de Garotas Mágicas é oficializada.

Na década de 2010, em obras como os quadrinhos *Madoka Magica* e *Magical 12th Graders*, que revolucionaram o paradigma do gênero Garotas Mágicas, há cenas em que essas garotas se tornam Garotas Mágicas por meio de contratos e nos quais se discutem os benefícios práticos dessa transformação, como benefícios na admissão da universidade. Em outras palavras, começaram a aparecer Garotas Mágicas com uma percepção mais madura da realidade em comparação às protagonistas anteriores, que estavam mais preocupadas com outras dimensões e outras civilizações que lhes davam seus poderes mágicos. Fico imaginando se isso se deve ao fato de essa nova leva de histórias de Garotas Mágicas ter sido criada por uma geração que cresceu assistindo a *Sailor Moon* e se questionando: "Será que esse tipo de poder realmente é dado de graça?" e "Quando essas meninas estudam?"

Sendo uma *millennial* tardia na Coreia do Sul, assisti à crise financeira asiática de 1997 na escola, vivenciei a experiência de ser cidadã de um país-sede da Copa do Mundo no início da adolescência e assisti ao que aconteceu com o MV Sewol aos vinte anos. Essas são (de cabeça) as experiências mais comuns compartilhadas pela minha geração. Faço parte de uma geração em que nunca houve um *boom*, em que o entusiasmo já esteve em voga, em que a mobilidade social é cada vez mais improvável e o esforço individual é cada vez menos recompensado... Em que o único "grande sonho" é a ideia de viver sem se preocupar com dinheiro (eu acho, mas é claro que sou só uma *millennial* tardia e não me arrisco a ser a porta-voz da geração inteira). Ao mesmo tempo, a crise climática está cada vez mais próxima e mais destrutiva, nossas dores pessoais não importam, e sempre tem aquela pergunta desconcertante: Por que... por que ninguém diz nada? Em muitos níveis, é difícil para as pessoas da minha geração e das seguintes serem apolíticas.

Isso é o que acontece quando uma pessoa que vive de acordo com essa ideia escreve a história de uma Garota Mágica bebendo da fonte das obras mencionadas anteriormente (até me apressei em falar de teoria geracional, algo que nem entendo direito). Na época em que a magia era incrível e conveniente, sem cobrar preço algum, e na época em que se trocava os poderes por oportunidades, talvez o poder de uma Garota Mágica que eu gostaria de ter fosse... a possibilidade de que um mínimo otimismo pudesse surgir quando a sensação de que a derrota é inevitável tomasse conta.

Acredito que algo assim já existisse neste mundo, e que simplesmente deixei escapar acreditando ser apenas ficção.

Não tenho muito orgulho de ser uma adulta que "ainda" gosta do gênero Garotas Mágicas, mas também não acho que seja algo de que eu deva ter vergonha e esconder. O leve sentimento de culpa que preciso reconhecer está ligado ao fato de sentir que estou roubando um gênero que originalmente pertence às crianças, e espero que a declaração generosa de que "qualquer um pode ser uma Garota Mágica" seja aceita com alegria por elas. Na realidade, as protagonistas do gênero costumam ser adolescentes, mas se "qualquer um" pode ser uma Garota Mágica, isso abre possibilidades para pessoas mais jovens. Em teoria, uma bebê recém-nascida pode ser uma Garota Mágica, uma mulher grávida pode ser uma Garota Mágica e — por que não — um homem também pode ser uma Garota Mágica. Já não falei sobre Hwanung aqui?

Qualquer pessoa pode ser uma Garota Mágica, desde que se sinta confortável em se ver como tal. Espero que sim, porque há benefícios nessa linha de trabalho, não só como um patrimônio cultural da infância, mas como benesses que continuam válidas até a idade adulta. Garotas Mágicas pensam sem parar em sua relação com o mundo e usam os incríveis poderes que receberam para fazer dele um lugar melhor, não só para a própria conveniência.

Espero que esta proposta seja aceita como uma “fantasia participativa”. Que você também seja uma Garota Mágica e se alegre com tal fato. Você é a luz que ilumina esse mundo sombrio cheio de destruição e sem ninguém para lutar por ele.

Mas você não está só.

Enquanto escrevia este livro, comprei alguns brinquedos clássicos de Garotas Mágicas. Eu tinha uma narrativa pessoal que só poderia ser concluída assim — talvez tenha a chance de contar essa história algum dia. Até mais!

Primavera de 2022

Park Seolyeon

Impressão e Acabamento:
BARTIRA GRÁFICA